마음이 밝아지는 이야기 명언 66

날마다 감동
날마다 행복

날마다 감동 날마다 행복

엮은이 : 김율도, 김형선
펴낸이 : 김홍열
편집, 디자인 : 김은영, 김예나
영업 : 윤덕순

초판 1쇄 발행 : 2009년 08월 20일
재판 2쇄 발행 : 2011년 11월 14일

펴낸곳 : 율도국
주소 : 서울시 도봉구 도봉동 609-32 (3층)
출판등록 : 2008년 07월 31일
우편번호 : 132-045
전화 : 02) 3297-2027
FAX : 0505-868-6565
홈페이지 : http://www.uldo.co.kr
메일 : uldokim@paran.com

값 : 9,800원
ISBN : 978-89-961564-4-4 03810

마음이 밝아지는 이야기 명언 66

날마다 감동
날마다 행복

김율도, 김형선 엮음

이해인, 도종환, 서정윤, 고정욱, 최윤희

ULDO 율도국

차례

3장. 노력과 극복이야기

4장. 배려는 행복을 낳고

5장. 가족이라는 이름의 고향

6장. 사랑하라 또 사랑하라

7장. 새로운 가치관으로 자유롭게

■ 후기

내 인생의 감동은 나 자신
이제 여러분들의 이야기를 기다립니다.

삶의 목표는 감동

법을 어기면 벌금과 징역에 처한다는 법조문은 읽어봤어도 법을 잘 지키는 사람에게 상을 준다는 법조문은 아직 읽어보지 못했다. 혹시 어딘가에 있을지도 모르겠다. 법을 지키면 상을 준다는 법조문을 알고있는 독자가 있다면 이를 알려주셔도 좋다.

상 줄만한 일을 한 사람에게 상을 주는 법을 만들면 어떨까. 이름하여 '감동법'. 감동적인 일을 하면 상을 준다는 발상이니 사회가 온통 감동적인 일로 넘쳐날 것이다.

이 책은 이것을 모티브로 출발한다.

세상은 거대한 정신병원이라고 한다. 모든 사람들이 조금씩은 아프다. 마음의 아픔을 가지고 그냥 살아내고 있는 것이다.

이 땅의 모든 아픈 사람들에게 상줄만 한 이야기를 통해 치유를 만들고자 했다.

상줄만 한 이야기와 치유의 이야기는 상통한다. 칭찬받을 만한 일을 하면 마음의 치유도 된다는 뜻이다.

이 책에 실린 글은 실화와 창작이 섞여있다.

그러나 창작이더라도 실화를 바탕으로 씌여졌다. 그것이 실화인지 창작인지 생각하며 읽는 것도 독자에게 내는 수수께끼이므로 재미있을 것이다.

실화라서 더 감동적이고 창작이라서 감동이 덜하진 않을 것이다. 우리가 소설이나 영화를 보고 감동을 받는 경우가 많이 있기에 우리의 마음을 적셔주는 작고 소중한 이야기들은 당신을 변화시키기에 충분하리라.

이 책에 실린 이야기의 또 다른 특징은 한국적인 정서를 많이 담았다는 것이다. 한국인이 쓴 한국인의 이야기라는 점이다. 그러면서 유명한 분들의 이야기도 있지만 평범하고 주변에서 흔히 볼 수 있는 우리 이웃들의 이야기가 더 많다. 직장인, 자영업자, 교사, 주부, 수험생, 중학생, 고등학생의 글들을 통해 이 시대의 고민과 해법을 제시하고자 했다.

또한 이야기의 끝에 명언을 덧붙여 함축적인 교훈이나, 깨달음의 시간을 갖도록 했다. 명언이 있는 이야기라고나 할까.

이야기를 읽고 난 후 느낌을 짧고 강렬한 명언을 통해 수직으로 상승작용을 하도록 했다.

명언은 메세지를 강하게 전달하는 시중의 시이다. 명언에는 때로는 비유가 있고 때로는 상징이 있다.

우리는 이 책을 쓰기 위해 여기 실린 글의 10배의 자료를 찾고 3배의 글을 써야 했다. 원고를 다 완성한 후 그 중의 절반을 버리고 다시 이야기를 보통 사람들로부터 모아 새로 수정하고 교정을 보았다.

그리고 나서도 미흡하여 그 중의 일부를 버리고 유명 작가 몇몇 분에게 원고를 받았다. 그 후 15번의 수정과 교정을 보았다.

책 한 권 내기가 쉽지 않다는 것을 알고 있었지만 정말 어려운 과정이었다.

참으로 고되고 진척이 느린 일이었지만 그 일 자체가 즐거웠고 남에게 뜨거운 기운을 준다는 것이 새삼 큰 의미로 다가왔다.

추운 계절에 할 수 있는 일은 추위를 즐기는 일, 그리고 그 추위의 반대말을 이야기하면서 희망을 말하며 추위를 잊는 일이다.

추위를 즐기는 일은 한계가 있었고 희망을 이야기하는 일은 끝이 없는 무한대였다. 우리는 두 번째 일에 매달렸고 우리의 동면을 견디고 황사의 계절을 지나 무더위와 싸우며 이야기를 마무리 지었다.

많은 분들이 읽고 마음이 훈훈해 진다면 그나마 위안이 되겠지만 아무도 찾지 않는다면 또다시 새로운 이야기를 찾아나서야 할 것이다.

사람들이 무엇에 감동하는가.

보편적 진리. 즉, 고결한 희생, 부모와의 사랑, 어려움을 극복한 이야기, 따뜻한 사랑이야기 등일 것이다.

여기에 하나를 더 보태어 우리는 새로운 가치관을 만드는 이야기를 더했다. 기존의 천편일률적인 이야기는 너무 많다. 그리고 변화된 새로운 시대에 새로운 감동을 주지 못한다.

사람들에게 희망과 감동을 주는 글을 쓰고 모으자고 생각했을 때 조금 주저했다. 너무 흔한 이야기 아닌가.

하지만 새로운 것은 있다.

시대에 맞는, 기존의 고정관념을 깨면서 새로운 사랑과 희망, 감동 이야기가 이 책에 실려있다.

코스모폴리탄, 다문화사회, 개인주의의 대두, 여권신장, 복지사회, 다매체 등 시대는 바뀌었고 이러한 시대에 맞는 새로운 교본이 필요했다.

살면서 우리는 감동스러운 일을 몇번이나 체험했을까. 감동스러운 일을 떠올리려니 막상 떠오르지 않는다. 사실은 무수히 많은 감동스러운 일이 있었지만 내 감성이 너무 무뎌서 그것을 느끼지 못하는 것은 아닐까.

생활 속에서 보다 많이 감동을 만들고 많은 감동을 느껴보자. 생활 속에서 작은 감동을 자주 느끼다 보면 아픈 마음이 치유되고 힘이 솟고 큰 기쁨이 몰려오리라.

잘 생각해 보면 분명 하루에 한 번 정도는 감동적인 이야기가 있을 것이다. 그것을 노트에 적어보자.

아침에 일어나니 화분에 작은 싹이 나왔다거나, 어느날 부모님을 모시고 산공기를 선물하니 너무 기뻐하는 모습 등 식물에게, 사람에게, 동물에게 많은 감동을 느끼면 풍요로운 인생이 되리라.

삶의 목표를 누군가에게 감동을 주는 것으로 하면 어떨까.

아마 모르긴 몰라도 많은 사람들에게 준 감동보다 더 많은 기쁨과 사랑을 받게 되리라.

이 책이 10년, 20년, 그 이상 100년, 200년동안 읽히고자 하는 사랑과 감동의 바이블이 되고자 한다면 지나친 욕심일까.

꾸준히 개정판을 통해 세상의 감동이야기의 집대성을 이루는 책이 되고자 꿈을 꾸어본다.

너무 거창한지 모르겠지만 이 책이 상 줄만한 이야기의 표준이 되고, 마음이 아파 밤을 지새우는 사람들의 영혼을 치유하고 당신의 인생에 용기를 주고 잊혀지지 않을 감동과 사랑의 비망록이 되기를 희망한다.

율도국 편집부

1장

희생과 봉사

1. 생명을 나누는 기쁨

전쟁 중이었던 월남의 어느 고아원에 박격포탄이 떨어져서 그곳의 선교사들과 몇 명의 어린이들이 숨지고, 여덟 살쯤 된 어린 소녀가 가장 치명적인 부상을 입게 되었다.

당장 수혈이 필요해서 부상병들을 돌보던 군의관과 간호사가 검사를 했으나 위독한 소녀와 혈액형이 맞지 않아 할 수 없이 그들은 서투른 월남어에 손짓 발짓을 섞어가며 부상당하지 않은 어린이들 중에 피를 나누어 줄 사람이 없겠느냐고 물었다.

한참 후에 헹이라는 이름을 가진 어린 소년이 천천히 손을 들었다. 의료진들은 마침 소녀와 혈액형이 같은 그 소년의 팔에 주사바늘을 꽂았는데 시간이 지날수록 소년은 왠지 겁먹은 표정으로 몸을 떨더니 차츰 흐느껴 울기 시작했다.

의아한 군의관은 주사가 아파서 그러느냐고 물었고, 소년은 고개를 저으며 애써 참는 듯했으나 울음을 그치지 않으므로 걱정이 되었다.

때마침 그 자리에 온 월남인 간호사의 통역을 거쳐 이유를 안 의료진들은 깜짝 놀랄 수 밖에 없었다.
"이 아이는 자기가 죽는 줄 알았던 거예요. 당신들 말을 잘못 알아듣고 당신들이 이 어린 소녀를 살리기 위해 자기 피를 전부 뽑아주겠느냐고 물은 줄 알았던 거죠" 하는 것이 아닌가?

그렇다면 왜 자진해서 피를 뽑아주려고 했느냐고 다시 물으니 형이라는 소년은 아무렇지도 않다는 듯이 대답하더라는 것이다.

'그 애는 내 친구니까요' 라고

몇 년 전 가을 '더 큰 사랑은 없다' 는 제목으로 어느 잡지에 소개된 이 이야기를 읽고 나서 나는 참으로 눈물겹도록 아름다운 감동을 받았다. 그 소년과 같은 용기와 사랑이 내게도 있을까 자문하며 기회가 되면 나도 작은 몫이나마 헌혈을 해야겠다고 마음먹었다.

'우리 인체에는 생명의 나눔을 실천할 수 있는 잉여혈액이 있습니다' 등의 구호로 사회나 교회 차원에서 캠페인을 하고 있으나 헌혈에 대한 인식 부족, 수혈로 인한 에이즈 감염으로 수혈과 헌혈을 혼동하는 데서 오는 기피현상 등으로 헌혈률은 점차 감소되고 있는 추세라고 한다.

사람이 자기 몸속의 피를 빼서 가까운 가족, 친지도 아닌 모르는 이웃에게 준다는 것은 사랑의 행위임에 틀림없지만 선뜻 내키지 않는 일일 수도 있다. 그래서 결단을 내리고 나서도 왠지 조금은 망설여지거나 두려운 마음마저 갖게 되는 것이 아닐까.

헌혈은 자신의 마음이나 시간, 소유나 재능의 일부를 쪼개어 이웃에게 나누어주는 사랑의 선물과는 또 다른 구체적인 선물, 생명의 나눔임을 나도 이번에 첫 헌혈의 체험을 통해 다시 알게 되었다.

'04-92, 011387호, 혈액형 A, 헌혈량 320cc' 라고 적혀 있는 작은 헌혈 증서를 비로소 받아들고 나는 매우 기뻤다. 1989년, 세계성체대회를 계기로 우리 수녀원에서도 일년에 한번 정도는 헌혈의 기회를 만드는데 나는 3년 내내 시도할 때마다 불합격이다가 이번에 처음으로 성공을 한 셈이다. 헌혈이 끝나고 잠시 누워 있다가 일어나서 비닐 팩에 들어 있는 나의 피를 보니 묘한 느낌이었다.

내게 주사를 놓아준 상냥한 간호사와 침대에 누워있는 나의 동료들에게 핏빛은 붉은 장미꽃보다 몇 배 더 붉은 것 같다고 했더니 미소로 응답 했다.

비록 얼마 안 되는 분량의 피였으나 물을 보는 느낌과는 확실히 달랐고, 다른 사람의 피를 보는 느낌과는 또 다른 숙연함이 내게서 웃음을 거두어갔다.

그 피가 어느 날, 미지의 이웃에게 작은 도움이 될 수 있길 희망하며 헌혈차에서 나오려니 적십자사 직원이 맛있는 빵과 주스, 볼펜 한 자루를 기념으로 주었다.

이미 수 차례의 헌혈을 한 이들에 비하면 나는 이제야 시작이지만 크게 무리가 없는 한, 더 자주 헌혈을 하려고 한다. 헌혈을 할 때마다 자기 친구를 위해 목숨까지 내놓으려 했던 한 어린 소년의 그 갸륵한 마음씨를 나는 더욱 가까이 느끼며, '사랑의 삶'으로 뛰어들 수 있는 믿음과 용기를 새롭히리라.

이해인 (수녀, 시인)

당신이 선한일을 하면 이기적인 동기에서 하는 것이라고 비난을 받을 것이다.
그래도 선한 일을 하라!

- 테레사 (수녀)

2. 정신분열을 치료한 발톱

그의 친구는 또다시 정신병원에 입원했다. 어린 시절부터 같은 동네에서 자랐고 중·고등학교, 대학까지 같은 학교를 나온 그의 친구는 20여년 간 정신분열증으로 고생하다가 최근에 다시 심해져 가족들이 입원시킨 것이다.

증상이 조금 심해지면 주변 사람에게 한 밤중에 전화를 걸어 괴롭히는 것이다.

"야, 너 친구 맞어? 친구가 살아있는지 전화했어."

"아무도 안믿을거야. 네 귀에도 도청장치가 들어있냐?"

어렸을 때는 참 착하고 정도 많고 순수했던 친구였는데 세상이 그 순수함을 이용하니 친구는 더 악해지려고 노력하는 것처럼 보였다. 그것이 자기를 지키는 방법이라고 생각했던 모양이었다.

천재적인 화가 반 고호도 정신병원에 입원했었고 코엘료 같은 작가들도 정신병원에 입원했었다고 위로의 말을 하기도 하고 위로의 시를 써서 주기도 했다.

그러면 그의 친구은 말했다.

"반 고호에 비교하지마. 나는 화가는 아니니까. 나는 무위자연으로 살거야."

"무위자연이나 무위도식이나 그게 그거지."

그는 이번에 퇴원하면 같이 운동하고 일도 쉬운 것부터 서서히 해서 사회에 적응하도록 만들려고 생각했다.

퇴원하는 날, 힘들어서 쉬겠다는 친구와 같이 그는 등산을 했다. 그는 소아마비로 다리를 저는 상태로 처음으로 등산을 한 것이다. 그날 이후로 그들은 같이 산을 올랐다. 나중에는 안가려고 했던 친구가 재미가 붙어 그를 이끌고 올라갔다.

매일 등산을 하고 운동을 하니 친구가 많이 좋아졌다.

삶의 의욕이 생기는 것 같고 전처럼 시시콜콜한 과거이야기도 하지 않았고 남을 탓하지도 않았다.

어느 날 둘은 등산을 하다가 계곡의 물에 발을 담그게 되었다. 그런데 친구는 그의 발가락을 보고 놀라고 말았다.

소아마비로 뒤틀리고 앙상한 발가락의 엄지 발톱이, 힘든 몸으로 산을 올라다녀 엄지 발톱이 다 빠져 빨간 살점이 보이는 것이다.

친구는 그만 눈시울이 뜨거워졌다.

"나 때문에 이렇게까지...."

말을 맺지 못하고 그만 목이 메었다.

"아냐. 육체는 약하지만 몸을 움직이니 힘들긴 하지만 몸이 다시 살아나고 정신도 상쾌해."

그는 알았다. 친구는 세상이 힘들어 잠시 정신을 놓았지만 감성은 살아있고 진심을 알아 볼 수 있는 눈을 가졌다는 것을.

네잎 클로버는 사실 돌연변이다. 그러나 귀하기 때문에 우리는 행운의 네잎 클로버를 찾으려고 하는 것이다. 남과 다른 당신도 아주 귀한 존재이다.

김율도 (시인)

3. 그림을 선물하다

어느 시인이 친구의 부탁으로 우울증에 걸린, 아는 동생을 상담하러 가게 되었다. 17살의 그 아이는 은둔형 외톨이로 밖에 잘 나가지 않고 집에만 있었다.

아이의 부모는 이혼했고 아이는 우울증으로 한 때는 자살을 시도했었다고 미리 친구가 귀뜸해 주었다.

아이의 방은 크고 훌륭했지만 커튼을 모두 닫고 햇빛하나 들어오지 않고 있었다. 아이는 그림을 그리고 있었다.

바닥에 놓인 그림은 대부분 어두운 느낌의 그림이 많았지만 간혹 꽃이나 자연을 그린 것도 있었다

"너 그림그리기가 취미구나?"

"네."

"그렇다면 내가 너의 우울증을 낫게 해줄게."

"어떻게요?"

"이 그림들을 너만 보지 말고 다른 사람에게도 보여주면 안되겠니? 이렇게 좋은 그림을 혼자 감상하는 것은 너무 아까워. 이 그림을 다른 사람들에게 선물로 주면 우울증은 나을거야 "

처음에 아이는 거절했다. 혼자만의 세계에서 나오지 않으려고 한 것이다.

반복적인 요청에 마지못해 시인의 제안을 받아들여 그 중에서 밝은 그림을 친구 생일이나 집안 행사 때마다 선물로 주었

다.

그림을 받은 사람들은 고맙다는 말을 하며 아이에게 감사와 감동의 말을 전달해 주었다. 아이는 그 때마다 힘이 솟는 느낌이고 차츰 밝아지고 좋아졌다.

3년 동안 주변에 그림을 선물로 준 횟수는 100여 차례나 되었다. 그림을 선물받은 사람들이 그림을 모아 전시회를 열었다. 아이는 자신의 그림을 보고 너무 기뻤고 전시회를 통해 새로운 힘을 얻었다. 선물이라는 좋은 씨앗을 뿌리니 그것이 자신에게 결실이 되어 아이는 차츰 힘이 생긴 것이다. 아이의 우울증은 다 치료가 되었다.

그림은 마음의 상처를 입고 세상과 담쌓고 혼자 지내는 아이에게 하나의 통로 역할을 했다. 그리고 누군가에게 그림에 담긴 희망의 메시지를 줌으로써 다른 이를 치유하고 감동을 준 것이다.

누구에게나 자신을 치유할 수 있는 에너지는 자신에게 있다. 그것을 발견하는 것이 중요하며 자기가 많이 가지고 있는 것을 남에게 나누면 놀라운 치유가 온다.

김율도 (시인)

사랑은 다른 사람을 치료해 준다.
사랑을 받는 사람이나 주는 사람 모두 치료를 받는다.

- 칼 메닝거 (미국의 정신과 의사)

4. 따뜻한 사과

엄마는 다 클 때까지 그런지 몰랐다던 외할머니의 붙은 양손을, 그 장애를 나는 겨우 6살에 확인했다.

외할머니는 아기때 부뚜막 앞에서 넘어지는 사고로 입은 화상 때문에 양손의 손가락이 손바닥과 붙어 불편한 손을 가지고 계신다.

그러나 다행히 양손의 엄지손가락만은 자유로웠기 때문에 불편하게 바라보는 주변의 시선을 비웃기라도 하듯 할머니는 요리, 바느질, 힘든 농사일까지 무엇이든 만능이셨다고 한다.

그렇게 거칠 것 없어 보였던 할머니의 손이 낭패를 보게 된 사건은 멀리 서울의 딸네 집에 다니러왔다가 일어났다. 마침 할머니를 제외한 어른들이 집을 비운 사이, 손주들이 사과가 먹고 싶다 떼를 쓰면서 벌어졌다.

손주들은 사과를 깨끗하게 깎아줘야 먹곤 했는데, 과일칼은 보이지 않고, 눈에 띄는 부엌칼은 할머니의 붙은 손 사이에 끼우기엔 칼집이 너무 두꺼웠다.

철없는 손주들은 빨리 사과를 먹고 싶다고 성화였고, 당시 최고령(?) 손자였던 나는 손이 자유로웠지만 겨우 6살이라서 칼을 제대로 잡지도 못했었다.

그러나 우리 할머니는 역시 달랐다.

할머니는 이로 사과 껍질을 돌려 깎기 시작했고, 이로 먹기
좋게 잘게 쪼개서 손주들의 입에 넣어 주셨다. 시간도 많이 걸
리고 울퉁불퉁 모양도 형편없고 할머니 입에서 나온거라 침도
잔뜩 묻었었지만, 그 날의 따뜻했던 사과는 달고 맛있었다.

우리 손자들은 그 사과를 경쟁하듯 할머니 옆에 모여앉아서
그렇게 받아먹었고, 나는 우리 모습이 제비새끼 같다고 생각했
다.

우리 외할머니는 비록 칼집이 두꺼운 칼은 잡지 못하는 불편
함은 가지고 있지만, 손주들을 위해서 직접 이로 사과를 깎아
먹여주시는 특별한 사랑을 가진 분이셨다.

이가 없으면 잇몸으로, 손이 불편하면 다른 것들이 얼마든지
대신할 수 있다. 의지가 중요한 것이다.

이송미

말 속에 담긴 배려는 자신감을 만들어내고, 생각 속에 담긴 배려는
심오함을 만들어내고. 베푸는 행동에 담긴 배려는 사랑을 만들어낸
다.

- 노자 (중국 고대 사상가)

5. 할머니의 떡

날씨가 제법 쌀쌀해져서 옷깃을 여미고 수업이 끝나자마자 집으로 가는 지하철을 탔다.

사귀는 같은과 오빠와 다투어서 마음이 안 좋아 눈을 감고 한참 생각에 잠겨있을 무렵, 문득 들려오는 소리가 있었다.

"아이고, 감사합니다. 젊은 총각이 참 착하네. 이 떡 하나 드슈. 내가 너무 고마워서 그려."

커다란 대야에 떡을 잔뜩 들고 계신 할머니께 어떤 남자가 자리를 양보했나보다. 땀을 흘리며 숨을 내쉬는 할머니 얼굴엔 커다랗게 주름진 웃음이 있었다.

'낯이 익네. 어디서 뵌 분 같은데. 혹시?'

문득 옛 과거 속 한 장면이 머릿속을 가득 채웠다.

'만수동 시장 골목 좌판에서 떡을 파시던 그 할머니?'

내 머리는 빠르게 회전하여 5년 전 고등학교 시절, 유난히 추웠던 겨울밤을 떠올렸다.

갑작스런 이사로 인해 학교에서 집까지 가는 길이 유난히 멀었다. 그날도 야간 자율학습을 마치고 집으로 향했다. 자주 오지 않는 27번 버스가 도착했다. 나는 버스비를 꺼내기 위해 가방을 뒤졌는데 가방 안에 있어야 할 지갑이 없었다.

결국 버스는 먼저 갔고 시간은 이미 10시가 훌쩍 넘은지라

서두르지 않으면 집에 갈 수 없을 거라는 생각에 사람들을 붙잡고 버스비를 빌려달라고 애원하기 시작했다.

"죄송한데요. 제가 지갑을 잃어버려서요. 꼭 갚을 테니 버스비 좀 빌려주시면 안 될까요? 저 이 앞에 있는 고등학교 다니는 학생이에요. 학생증도 맡길게요."

대부분의 사람들은 내 말을 듣기도 전에 발걸음을 재촉하였고 나는 거의 울상이 되어 시멘트 바닥에 주저앉아 버렸다.

한참동안 아무 생각 없이 울고 있을 때 시장에서 장사를 마치고 집으로 돌아가시는 할머니 한 분께서 내게 말을 붙이셨다.

"왜 울고 있누? 날씨도 추운데 집에 얼른 들어가지 않고."

내 사정을 들으신 할머니는 주머니에서 꼬깃꼬깃 접혀진 천원짜리 지폐 한 장을 내미셨다.

"어이구. 집도 머네그려. 얼른 이거 가지고 버스 타러 가. 아, 배도 고플텐데 가면서 이 떡 좀 먹고."

따뜻한 할머니의 말 한마디에 나는 울음을 터뜨렸다. 그리고 고맙다고 수차례 인사를 하고 난 후에 집에 갈 수 있었다.

다음 날 아침, 나는 일어나자마자 할머니께 드릴 감사의 편지 한 장과 천 원, 그리고 박카스를 한 병 사서 편지와 함께 종이봉투에 담았다. 점심시간을 이용해 할머니께 찾아뵐 생각에 외출증을 받아 할머니를 찾아갔다.

"여기서 장사하시면 안 됩니다. 얼른 치워주세요."

갑자기 노점 단속반이 들이닥쳐 여기저기 널부러져 있는 떡을 줍고 계신 할머니께서 말없이 자리를 일어서셨다. 그리고는 대야를 이고 어디론가 가시는 것이 아닌가.

파란불 신호를 기다리며 바로 앞에서 그 광경을 바라보고 있던 나는 너무 속이 상했다. 신호가 바뀌자마자 얼른 뛰어 할머니를 좇아갔다. 그러나 할머니는 이미 보이지 않았다.

그 후로 나는 버릇처럼 등하교길에 혹시나 하고 그 자리를 보았지만 다시는 할머니의 모습을 볼 수 없었다. 그런데 그 때 그 고마웠던 분이 지금 바로 내 눈 앞에 계시는 것이 아니겠는가.

"이번 정류장은 송내, 송내역입니다. 내리실 분은 오른쪽으로 내리시길 바랍니다."

할머니는 숨을 크게 들이마시고 대야를 머리 위에 이셨다. 나는 얼른 내려 할머니 뒤를 따라갔다. 높은 계단을 할머니께서는 한 걸음, 한 걸음 천천히 오르셨다. 기회를 엿보고 있던 나는 재빨리 할머니 머리 위에 있는 짐을 들었다.

"제가 계단까지만 들어드릴게요."

"아니, 이거 무거울 텐데. 아가씨, 그냥 이리 줘."

"저 힘이 세요. 천천히 올라가세요."

계단 위까지 올라와서 5년 전 이야기를 하자 할머니도 그 일을 기억하고 있었다.

"그래? 세월이 벌써 그렇게 됐네. 오늘 너무 고맙네. 이 떡 좀 드시게. 식어서 좀 딱딱하지만 내 마음이라우."

그 때, '할머니'하며 다가오는 남자를 본 순간 나는 그만 너무 놀라 내 눈을 의심했다.

그 남자는 바로 내가 사귀는 오빠였다. 오빠도 놀라는 표정이었다.

"이 아가씨가 짐을 들어줬다."

할머니의 말에 오빠는 환한 얼굴로 말했다.

"고맙다. 미애에게 이런 면이 있었네. 어제는 미안했어. 우리 싸우지 말자."

"감사합니다, 할머니. 할머니가 여러번 저를 구해주시네요."

"우리 손주 참 여자 보는 눈이 있구먼."

우리는 길거리에서 그렇게 환하게 웃고 있었다.

화해는 우연을 가장하며 온다는 것도 알았다.

원미애

우리가 이 세상을 사는 이유는 서로 사랑하기 위해서이다.

- 톨스토이 (러시아 작가)

6. 중국여행에서 만난 빛

 오래 전부터 외국 생활을 해보고 싶었는데 1년 동안 교환 학생으로 발탁되어 중국에서 생활하게 되었습니다.

한비야씨의 여행기를 읽고 많은 공감과 존경을 가지고 있어서 되도록 첫 학기에는 혼자 여행을 하려고 했습니다.

공자의 고향으로 유명한 곡부를 중국 친구의 도움으로 여행하고 소주와 상해 여행을 계획했습니다.

학교 수업을 마치고 약 20시간이나 걸린 후 막 더워지기 시작한 소주에 도착했습니다. 처음 보이는 중국음식점에서 밥을 먹고 유명한 정원들과 아름다운 경치를 구경했습니다.

그런데 상해로 이동한 그 날 밤, 난관에 부딪치고 말았습니다. 곡부에 갔을 때 학생증이 신분증 역할을 해서 상해도 학생증만 있으면 될 거라는 생각에 여권을 가지고 오지 않았던 것입니다. 당시 상해 등 대도시에서는 중국 베이징 올림픽 때문에 외국인 검문이 심해지던 때였습니다.

저는 여권이 없었기 때문에 여행 책에 나와 있던 유스호스텔에서 머물 수가 없었습니다. 급하게 묵을 곳을 찾았지만 어떤 호텔도 여권 없는 외국인을 받아주려고 하지 않았습니다. 저는 대도시의 몰인정함을 느끼면서 숙박 장소를 찾아 다녀야 했습니다. 때마침 비까지 내려 우산을 들고 가지 않았던 저는 비를 흠뻑 맞아 말 그대로 가련한 신세가 되었습니다. 낯선 도시, 상해에서 저는 너무 서러워서 길에서 울었습니다.

너무 걸어서 아픈 다리와 이미 지쳐버린 마음을 이끌고 마지막으로 어느 대학가 근처의 호텔로 들어갔습니다. 그곳 역시 여권 없이는 숙박을 할 수 없다고 했습니다. 그 자리에 앉아 넋 나간 표정으로 그냥 주저 앉아버렸습니다.

그러자 그 곳에서 늦게까지 일하고 있던 종업원은 제가 무척 불쌍해보였는지 비에 흠뻑 맞아 떨고 있는 저에게 따뜻한 물 한 잔을 건네며 일단 앉아서 좀 쉬라고 했습니다. 그리곤 조금 있으면 자기 일이 끝나니까 같이 숙소를 찾아보자고 말했습니다.

저보다 어린 그 여종업원은 하루에 10시간 이상 그 호텔에서 일하고 있었습니다. 긴 생머리를 하고 있었는데 학교에 다니는 것 같지는 않았습니다.

제 생각으로 중국 시골에서 형편이 어려워서 상해로 나와 돈을 벌고 있는 것 같았습니다. 중국에는 이처럼 형편이 어려워서 학교에 진학하지 못하고 일찍 도시로 나와 공장이나 호텔 등에서 일하는 사람이 많습니다.

그 아이들의 대부분은 버는 돈의 절반정도를 집에 보내기 때문에 차비가 없어서 고향에 자주 가지 못하고 먹는 것도 풍족하게 먹질 못합니다. 이 아이 역시 일 때문에 무척이나 지쳐보였는데 그 아이는 오히려 제가 더 불쌍해보였나 봅니다.

10시쯤 일이 끝나고 그 아이는 그 날 제 옆에 꼭 붙어서 호텔

을 찾아주었습니다. 위험하니깐 절대 혼자 여행하지 말라고 신신당부를 하며 자신의 옷을 주며 젖은 내 옷을 갈아입으라고 했습니다.

결국 호텔이 잡히지 않자 자신의 친구에게 부탁해보고 친구의 집에서도 거절당하자 중국의 PC방으로 향해서 절 잠시 쉬게 했습니다. 그리곤 자신의 룸메이트와 한참을 이야기하더니 자신의 숙소에서 같이 자자고 했습니다. 원래 호텔 종업원들의 숙소에는 외부인들이 출입을 할 수 없습니다. 그 아이의 선심에 눈물이 나올 지경이었습니다.

늦은 밤 숙소를 들어가 본 저는 깜짝 놀랐습니다. 시설이 너무 열악했기 때문입니다. 여기 저기 지저분한 쓰레기들, 온수도 나오지 않는 세면시설들...

8명 정도가 함께 쓰는 방을 보니 그 아이의 힘든 생활을 대충 짐작할 수 있었습니다.

그 아이는 자신은 룸메이트와 같이 잘 테니 자기 침대에서 자라고 했습니다. 한 번도 본 적 없는 외국인에게 이토록 따뜻한 친절을 베푸는 그 아이가 너무나 위대해 보였습니다.

아이가 새벽이 되도록 같이 다녀주며 자신의 것을 나눠주며 베푸는 친절은 감동 그 자체였습니다.

그 아이를 보면서 나는 내 자신이 누구에게 따뜻한 사람이었는지 스스로 자문해 보았습니다. 아이가 저에게는 하나의 빛이었습니다. 하염없이 어둠 속에서 떠돌다가 만난 빛.. 지쳐버린 마음에 불어 넣어준 생명력 같은 것이었습니다.

지금 저는 한국으로 돌아와 다시 대학 생활을 하고 있습니다. 유학의 경험들을 살릴 수 있을 것 같아 유학생 도우미를 하고 있습니다. 낯선 나라에 와서 많은 외로움을 느끼고 있을 외국인들에게 좋은 친구가 되어주고 싶습니다. 그 아이처럼 작은 빛과 생명력을 줄 수 있는 사람이 되고 싶습니다.

1년 후, 그 아이에게서 전화가 왔는데 정규직으로 승진했다는 것입니다. 너무 기뻤습니다. 그 아이는 나에게만 친절한 것이 아니라 친절이 몸에 배어 세상에 좋은 빛을 뿌리니 그 빛이 다시 자신에게 돌아온 것입니다.

남지현 (대학생)

Kindness can pluck the whiskers of a lion.
(친절하기만 하면 사자의 코털도 뽑을 수 있다)

- 외국 속담

7. 중환자실에서 배운 것들

행복한 삶에 대해 생각해 본 적이 있으신가요? 저는 매일의 삶 속에서 그러한 고민들을 하고, 또 그러한 고민들을 하는 사람들을 만납니다.

이러한 만남을 시작한 것은 지금으로부터 6년 전, 대학병원 중환자실에 입사하면서부터입니다.

처음 그 곳에서의 한 달은 제게 고통의 나날이었습니다. 인공호흡기에 의지해 숨을 쉬는 환자들, 의식이 없는 상태로 허공을 본 채 누군가의 도움 없이는 아무 것도 할 수 없는 사람들, 그리고 한가지의 암이 아니라, 여러 종류의 암을 몸 안에 지니고 있는 사람들. 그들을 대할 때면 어떠한 말로 위로를 해야 할지 눈물부터 앞서 오히려 환우 분들 앞에 서는 것이 미안하기만 했습니다.

신은 왜 나에게 이러한 삶 속으로 인도한 것일까? 내가 그동안에 갖추었던 의료지식들이 과연 이들에겐 어떠한 도움을 줄 수 있을까? 매일 스스로에게 질문을 던지며 마음 아픈 하루하루를 지낼 때 제게 참 신기한 경험들이 일어나기 시작했습니다.

어느 날 만난 췌장암 말기의 환자의 예후를 알았기에 선뜻 말을 건네기가 쉽지 않았습니다. 차라리 내가 전문지식이 없는 사람이라면 얼마나 좋을까. 그럼 모르는 척 위로할 수 있을 텐데... 하지만, 신기하게도 이 환자 분은 알코올 솜을 자주 만져 거칠어진 제 손을 잡아 주시며 말했어요.

"참 소중한 직업을 가졌네요. 난 한평생 나를 위해서만 살았어요. 이제 이렇게 암에 걸려 침대에만 누워있다 보니, 내가 참 많은 사람들의 도움으로 하루하루를 살고 있는 것을 알았지요. 참 고마워요. 다시 태어난다면 나도 선생님처럼 주는 사랑을 하며 살고 싶네요."

나의 지친 마음은 그 분의 위로를 통해 다시금 힘을 얻었습니다.

그리고 몇 주 후 교통사고로 인해 두 다리를 절단한 환자를 만났습니다. 걱정과 두려운 얼굴로 그 앞에 섰을 때, 전 깜짝 놀랐습니다. 그 분은 내가 상상했던 고통과 근심의 찡그린 얼굴이 아닌, 밝은 모습이었습니다.

"선생님, 이번에 제 딸이 태어났어요. 사실 사고로 인해 두 다리를 잃었던 날 제 아내가 산달이 임박했었지요. 미래가 두려웠고, 차라리 죽었으면 하는 생각도 했지요. 하지만 문득 그런 생각이 드네요. 나에게 만약 이 건강한 두 팔마저 없었다면, 난 사랑스런 딸을 안아 볼 수 있는 영광을 갖지 못했을 거예요. 이젠 힘이 나요. 그리고 꾸준히 재활치료 받아서 열심히 일할 거랍니다."

중환자실. 왠지 이름만 들어도 걱정스럽고 두려웠던 이 곳은 이제 제가 함께 동행 하는 사람들과의 삶의 터전입니다. 그리고 꿈이 시작되는 곳이며, 사소함의 행복을 알아가는 가르침의 장소입니다.

조혜영

희망은 멀리 있는게 아니다. 바로 내 곁에 있다. 나의 일상을 점검하자

- 릴케 (독일의 작가)

8. 돌아가신 할머니를 미용실에서 만나다

2008년의 어느 추운 겨울날, 지하철역에서 내려 집으로 가려는데 눈에 밟히는 모습이 있었다. 양손에 무거운 짐을 들고 힘겹게 발걸음을 옮기고 계신 할머니였다.

언뜻 얼마 전에 돌아가신 친 할머니의 모습이 겹쳐 보였다.

"제가 짐 들어 드릴게요."

"아니야, 괜찮아 학생."

막무가내로 짐부터 옮겨들며 말을 건네는 내 모습에 당황하셨는지 극구 사양하셨다. 하긴 누구도 못 믿는 불안한 요즘 세상 아닌가.

"저도 집이 근처라서 그래요. 얼른 주시라니까요~"

머뭇머뭇 하시더니 결국 짐을 건네주시는 할머니는 길을 걸어 가시면서도 내내 고맙다는 말씀이 끊이지 않았다. 바로 근처에 있는 미용실에 간다고 하셨다.

"어렸을 때부터 할머니가 키워주셔서 할머니들 도와드리는 게 버릇이 됐나 봐요. 할머니가 돌아가신지 얼마 안됐거든요."

"학생 할머니가 손주를 착하게 키웠구먼."

왠지 목이 메어 아무 말씀도 드릴 수 없었다. 길이 짧았던 걸까, 내가 쌓아두었던 그리움이 많았던 걸까. 어느새 할머니와 나는 미용실 앞에 도착해 있었다.

"아이구, 학생 참 고마우이... 내 딸이 여기 주인인데 마실 거라도 줘야지. 잠깐 있어봐"

미용실 안에서 주변을 찬찬히 둘러보던 나는, 사진 하나를 본 순간 적잖이 놀랐다.

짐을 들어드렸던 할머니와, 내 친할머니가 함께 찍은 사진이 벽 한쪽에 걸려 있었다. 사진 속의 내 할머니가 웃고 계셨다.

잘했다고, 착하지 내 새끼 하시며 웃고 계셨다...

가슴속에, 눈물이 한 방울 흘렀다.

서덕재 (대학원생)

다른 사람에게 친절하고 관대한 것이 자기 마음의 평화를 유지하는 길이다.

- 플라톤

9. 소녀 가장의 눈물

정주는 올해로 18살 난 여고생이다. 공부를 잘 하는 것도 아니고 딱히 특기도 없는데다가 아무런 의욕도 없는 아이다. 중학교를 다니는 남동생과 아직 어린 여동생, 그리고 눈이 좋지 않은 할머니와 어디 계신지 모르는 아버지, 이렇게 다섯 식구 사이에서 장녀란 것은 매우 무거운 것이었다.

어려운 집안 사정 때문에 할머니께 고등학교 진학을 하지 않겠다고 말했을 때, 정주는 난생 처음으로 할머니한테 뺨을 맞았었다.

'너 좋은 학교 나와서 번듯한 직업을 가지는 것이 효도다.' 라며 손을 꼭 잡으며 말씀하신 할머니의 목소리가 힘들 적마다 들려와 마음을 다시 잡은 것이 수십 차례였다.

내신은 아슬아슬했지만 시험공부를 열심히 한 덕에 턱걸이로 간신히 명문고에 합격할 수 있었다.

그러나 사립인지라 들어가는 돈이 적지 않았다. 기초생활수급자이므로 학교운영지원비를 받지만, 그것으로는 모자라 급식도 도시락으로 대신했다. 하지만 모의고사 비용이라던가 보충학습 문제집 등, 수학여행이나 소풍을 빠진다 하더라도 역시 부담된다.

약 반년 전부터 아빠가 보내던 생활비도 끊긴 참이었다. 하교 후에 아르바이트도 하고 친척들도 근근이 도와주지만 세 아이의 학교생활에는 부족하다.

내가 잘 해서 장학금을 타야 부담을 덜 수 있을 텐데…….

학교에서 돌아와 힘없이 설거지를 마칠 즈음, 불쾌한 소리를 내며 문이 열렸다. 남동생 정일이었다. 정일의 태평한 얼굴에 울컥한 정주는 버럭 소리를 질렀다.

"야, 최정일. 너 지금 시간이 몇 시인데, 이제 들어와!"

학교는 5시에 끝나면서 늘 10시에 들어오는 정일 때문에 지른 정주의 소리에 여동생 영주와 할머니의 시선이 몰렸다.

"한 두 번도 아닌데 새삼 뭘."

정일은 듣기 싫다는 양 새끼손가락으로 귀를 후비고선 방으로 들어간다. 그런 정일의 태도에 오히려 화만 더 쌓인다.

"애, 정주야. 그건 어떻게 됐니?"

할머니의 물음에 정주의 얼굴엔 미안한 기색이 가득 찬다. '그것' 이란 다음 달에 가기로 되어있는 소풍에 관한 것이다. 정주는 잘 떨어지지 않은 입을 움직여 떠듬떠듬 대답했다.

"…… 응. 그게 마지막 소풍이라고……."

"그래?"

할머니는 늘 정주가 친구들과 놀고 싶어도 같이 소풍에 가지 않는 것에 대해 자기 탓인 양 미안해하셨다. 하지만 역시 돈 걱정에 금방 얼굴이 어두워진다.

정주가 선생님께 어떻게든 말씀 드린다고 하자 할머니가 안 된다고 하신다. 그것이 고집이라는 건 당신이 더 잘 알면서도 그러시니, 그저 가슴만 미어져온다.

그때, 누군가 정주의 손등을 두드리는 감각에 화들짝 놀라 고개를 들었다. 맞은편에 정일이 여동생과 할머니의 눈치를 보더니 이불속에 손을 넣어 정주의 손을 잡았다. 정주의 손바닥에 뻣뻣한 봉투의 감촉만이 남았다. 곁눈질로 내려 본 봉투 속은 파란 지폐다발이 들어있었다.

"너……."

이게 뭐냐고 물으려하자, 정일이 검지를 입술에 대며 '쉿' 조용히 하라는 제스처를 취한다. 그러고선 한 번 더 할머니와 동생의 눈치를 보더니 종이에 무언가를 짧게 적어 준다. 이제보니 정일의 손가락이 상처투성이다.

혹시 10시까지 아르바이트를 했던 걸까. 어렸을 적부터 집안일은 손톱만치도 돕지 않은 정일이, 손에 상처를 잔뜩 새기면서도, 가족을 위해 일을 했던 것이다.

정일은 '아아, 자야겠다.' 라며 밖으로 나간다. 방이 좁아 같이 잘 수 없어 정일은 겨울 내내 추운 바닥에서 잤었다. 어느새 정주보다도 훨씬 커진 키와 듬직하게 자란 정일의 등을 보며, 정주의 눈앞이 흐려진다.

'이걸 써. 비밀이다.'

휘갈겨 쓴 것이라 모양이 못난 글씨를 속으로 곱씹으며 정주는 마른 입술을 침으로 적셨다.

"영주야, 이거 정일이 갖다 줘라."

동생 영주는 책을 읽다가, 정주에게서 온수를 담은 페트병을 받았다. 열기가 아직 남아있는 그것은 무척 따뜻했다.

"언니는?"

동생의 물음에 정주는 가만히 고개를 저었다.

녀석에게 늦게 들어온다고 소리치던 것이 미안해진다. 혼자 힘들다고 생색낸 것이 미안해진다.

영주가 나가자 참으려했던 눈물이 왈칵 나오려한다. 들키면 안 돼. 이 생각에 이불 속에 파고들어 베개에 얼굴을 묻었다. 이불의 부스럭거리는 소리에 할머니는 앞이 흐릿한 눈을 뜨고선 영주를 내려 본다.

"……? 뭐하니?"

베개에 얼굴을 비비듯 고개를 저었다.

"…… 아니에요, 안녕히 주무세요."

까칠한 베개에 비벼진 눈이 따가웠다.

'미안해' 그리고 '잘할게'.

다짐하듯 종이쪽지를 꼭 쥐었다. 강한 용기가 생기면서 감격의 눈물이 나온다.

이하나

머리와 입으로 하는 사랑에는 향기가 없다.
진정한 사랑은 이해, 관용, 포용, 동화, 자기낮춤이 선행된다.

김수환 (추기경)

10. 76세 부모와 43세 아들

76살 된 늙은 어머니와 43살 된 아들과 함께 시골에서 살고 있었다.

43살 먹은 아들은 그 나이 먹도록 결혼도 못 한 것에 대해 어머니 때문이라고 탓하며 어머니를 괴롭히고 있었다.

어머니가 밭에 나가 일하면 무위도식하는 아들은 옆에 와서 발로 차고 어머니를 못살게 괴롭혔다.

어느날 어머니는 맞선을 보게 해준다며 아들을 데리고 읍내로 나갔다.

시장을 같이 지나가다가 어머니는 갑자기 사라졌다.

아들은 당황하며 어머니를 찾았지만 찾지 못하고 혼자 집으로 돌아갔다.

그 다음날도 그 다음날도 어머니는 돌아오지 않았다.

어디 물어볼 곳도 모르겠고 어떻게 찾아야 할지 막막했다.

같이 있을 때는 소중한지 몰랐던 어머니가 안 계시자 갑자기 눈물이 나왔다.

혼자서는 살 수 없을거라 생각했지만 시간이 흐르자 차츰 아들은 혼자 빨래하고 밥하고 생활했다. 그렇게 1달째 되자 어느 정도 익숙해져 혼자서 농사일도 하며 지냈다.

그러다가 갑자기 어머니에게서 전화가 왔다.

"나는 하늘나라에 있으니 잘 살아라. 혼자서도 잘하는구나."

하지만 그 말은 아들을 놀리려 하는 말이었고 사실은 서울의 어느 친척집에서 숨어있었다.

아들을 다시 만나자 아들은 깊은 깨달음을 얻은 표정이었다. 그리고 이제 같이 살 수 있을거라는 안도의 눈빛이었다. 아들의 기대와는 다르게 어머니는 아들과 같이 살지 않았다. 다시 과거의 모습으로 돌아갈 것 같았기 때문이었다.

어머니는 새로 재혼하여 옆 마을에서 살고 아들은 1달에 한 번만 만났다.

아들은 혼자서 농사일을 배워 마을 이장까지 하며 성공적인 삶을 살았다.

어머니가 계속 과잉보호하며 단호한 결심이 없었다면 아들은 계속 무위도식하며 어머니를 괴롭혔을 것이다.

사랑과 과잉보호는 다르며 자녀가 독립할 수 있도록 해주는 것은 부모의 지혜이다.

김율도 (시인)

새는 자기의 날개로 날고있다.
따라서 사람도 자기의 날개로 날아야 한다.

- 르낭 (프랑스의 사상가)

・
・
・

2장

긍정은 행복을 만든다

1. 선물

내가 장래희망을 교사로 한 것에는 우연이 많이 작용했다. 초등학교 5학년 때 쯤으로 기억 되는데, 겨울 방학이 되어 시골에 있는 큰집으로 가게 되었다. 큰집에는 나와 나이가 같은 사촌형도 있었지만 무엇보다 도시에서는 느낄 수 없는 것들이 나를 반겨주었다. 온갖 나무들을 타고 오르기도 하고 그 곁을 흐르는 강에서 앉은뱅이 스케이트를 타기도 하며 또 여기저기서 나무토막들을 주워 불을 피워 고구마와 감자를 구워 먹기도 하였으며 정말 딱 한번 있을 일이지만 돌을 던져 꿩을 잡아 요리를 해 먹기도 하였다.

이렇게 낮에는 산천이 좁다고 뛰어다니던 우리도 밤이 되면 어쩔 수 없이 조용할 수밖에 없었다. 이때 생각해 낸 것이 만화 빌려보기였다.

큰집의 과수원은 동네에서 약 십리 정도 떨어진 한적한 곳이었는데 보통은 자전거를 타고 동네에 볼일을 보러 가곤 했었다. 마침 그날은 자전거도 고장이 나서 수리점에 맡겨 두었다. 그래서 어쩔 수 없이 사촌과 나는 같이 밤길을 걷기 시작했다. 어둠속을 걸으며 당시 유행하던 노래도 같이 불렀던 기억이 난다. 그렇게 어렵게 마을에 도착하여 만화방으로 가는 길에 동사무소 뒷 건물에서 불이 환하게 켜져 있고 그 안에서 학생들이 함께 합창하는 " I am a boy, You are a girl. "이라는 소리가 들렸다. 우리는 그 창문 아래에서 그 소리를 한참을 듣고 있었다.

　그러면서 이 추운 겨울에 또 방학이고 더구나 밤인데 왜 이렇게 학생들이 많이 모여 공부하고 있는지 궁금했다. 사촌이 야간학교라고 말해주었다. 그리고는 빨리 가자고 재촉했다. 우리는 곧 만화책을 빌려 집으로 왔다.

　그 기억이 나에게 오래 남아있었다.

　그러다가 대학에 들어가게 되었다. 나는 그런 야간학교가 있으면 좋겠다는 생각이 들어서 동아리들을 여기저기 기웃거리다가 마침 딱 맞는 동아리를 찾았다.

　지금은 모든 중학교가 의무교육이 되어 국가에서 수업료를 부담해 주지만 그 당시는 그러지 못했다. 그래서 돈이 없어, 집이 너무 가난해서 중학교를 못가는 학생들이 더러 있었다. 그런 학생들을 모아 놓고 중학교 과정을 가르치는 대학생들의 모임이 있기에 들어갔다. 그리고는 어느 정도 선배들에게 연수를 받고 2학년 때부터 수업을 시작했다.

　한 학년이 한 반이고 학생은 30명 정도였다. 물론 모든 경비는 선생님들 책임이었다. 시험도 철필로 긁어서 밀어 내는 것이 전부였다. (일부 여선생님은 복사해서 치기도 했다. 복사비도 만만치 않았다.)

　그 때 내가 수업하던 반에 있던 한 학생이 눈에 들어왔다. 그 학생은 양쪽 다리를 다 쓰지 못해서 목발을 짚고 생활하고 있었다. 여학생이 그러하다보니 많이 안됐다는 생각은 있었지만 그래도 워낙 말이 없는 학생이다 보니 별로 관심을 가지지 않았었는데, 어느 날 책을 읽으라고 했더니 울기만 하고 있는 것이었다. 왜 그러냐고 했더니 옆의 학생이 "영미는 책을 못 읽어요." 라고 하는 것이다.

그래서 다른 학생을 시키고는 그 수업을 마쳤다. 그리고 나와서 담임을 만났더니 그 학생은 학교에 오는 것만도 고마운 아이라는 것이다. 나는 그 다음 시간에 한 칠판 가득 시를 적었다. - 아마 '미시시피의 황혼' 이었으리라 - 그리고는 그 시를 쓰게 된 배경과 그 시의 내용을 풀이해주고 나머지 수업을 진행했다.

그렇게 몇 시간을 계속 했더니 영미에게서 반응이 왔다. 어느 날 교무실로 나를 찾아왔다. 그리고는 시를 어떻게 쓰느냐고 묻는 것이었다.

나는 "시를 쓰는 것 보다 먼저 읽는 것이 우선이다. 잘 읽을 수 있어야 잘 쓸 수 있다." 라고 말하고는 미리 준비 해두었던 시집을 두 권 주면서 이 시집들을 한 번 읽어 보도록 하라고 말했다.

그때부터 영미는 한글을 배우기 시작했다. 친구에게 물어가면서 혼자 독하게 공부했다. 마침 그때쯤 나는 감기로 인한 합병증으로 1달 정도 병원에 입원하게 되었다. 그리고 퇴원해서 다시 학교로 가는데 저 멀리 운동장 너머 교실에서 영미가 목발

을 짚고 다리를 끌며 뒤뚱뒤뚱 걸어오는 것이 보였다. 그러다가 그만 튀어나온 돌부리에 목발이 걸려 넘어지는 것이 아닌가.

나는 달려갔다. 그런데 넘어져서 우는 것이 아니라 영미는 손가락을 펴서 운동장에 '김영미'라고 자신의 이름을 적는 것이 아닌가? 그리고는

"선생님 제가 적었어요."

하면서 손에 꼬깃꼬깃 접은 종이를 나에게 내밀었다. 나는 그 종이를 펼쳐 보았다. 거기에는 내가 맨 처음에 적어 주었던 시, '미시시피의 황혼'이 삐뚤삐뚤 적혀 있는 게 아닌가? 나는 그만 울컥하고 뭔가가 올라왔다.

그제야 일어나려고 안간힘을 쓰고 있는 영미를 안고 일으키다가 그만 그냥 안고는 교실로 들어갔다. 수고했다고 머리를 쓰다듬으며 나의 눈에 눈물이 흘렀다. 영미의 눈에도 눈물이 반짝 빛났다.

그동안 글자를 익히기 위해 얼마나 애먹었을까? 고생한 것이 눈에 훤히 비치는 것이다.

그런 일이 있고 얼마 되지 않아 영미는 이사를 가게 되었다. 나는 그 시집 2권을 선물로 주었다. 영미는 나에게 교단생활의 정말 큰 선물이었다.

서정윤 (시인)

남의 빨래를 하였더니 제 발이 희어지다.
(남을 위하여 한 일이 자기에게도 이득이 되다)

세답족백 (洗踏足白)

2. 웃음 연기

아들에게 팔베게를 해주고 TV 코미디 프로를 본다.

8살짜리 아이가 뭐가 그렇게 우스운지 까르르 웃는다. 그 모습이 참 귀엽다.

하지만 나는 그 순간의 코미디 내용이 별로 웃기지 않았다. 나이에 따라 웃음의 코드는 다르다는 것을 체험하는 순간이다.

나는 언제 저렇게 웃어보았을까.

웃음이 없어진 내가 좀 처량하다.

내 아들이라 그런지 웃는 모습이 너무 사랑스럽다.

아들이 슬쩍 내 표정을 살핀다.

'나는 너무 재미있는데 너는 안웃냐', 이런 표정이다.

나는 짐짓 씩, 웃어보인다

다시 아이가 TV를 보며 웃는다.

나는 안 나오는 웃음을 일부러 가장하여 낸다.

어허허허허허허허허

내가 생각해도 참 어색하다.

아이도 그 웃음이 이상했는지 내 웃음을 따라한다.

으헤헤헤헤헤헤헤헤

좀 이상하다. 내가 그렇게 웃었나?

나는 다시 노력해서 자연스럽게 다시 웃어보인다.

아하하하하하

내 웃음 소리를 듣고 아이는 혼자 웃는 이상한 상황에서 같이 웃으니 무척 즐거워 한다. 나도 즐겁다.

아, 나는 알았다.

웃음은 연기라도 즐거울 수만 있다면 좋다는 것을. 억지로라도 웃으면 마음이 편해지고 행복해진다는 것을.

김율도 (시인)

성인은 1일 2회, 아이는 200회 웃는다.
웃음은 함께 웃을 때 33배의 효과가 있다.

- 프라이 (미국 교수)

3. 여섯 번의 불행과 두 번의 행운

그는 자신을 억세게 재수없는 남자라고 생각했다.

하는 일마다 되는 일이 없었다. 하지만 잘 될 거라는 믿음으로 포기하지 않았다.

몇 번 만나 알고 지내는 사람과 동업을 하려고 2,000만원을 건네준 이후로 일이 꼬이기만 했다.

동업을 같이 하기로 했던 사람은 다음날부터 연락이 되지 않았다. 급한 일이 있겠지, 하며 느긋하게 지내며 다음날, 또 다음날 연락해도 연락이 되지 않자 그 때에서 사기 당했음을 알았다.

이것은 첫 번째 불행이었다.

다행히 차용증은 받아놓은 것이 있어서 법적으로 하려했으나 법을 전혀 몰라 변호사 사무실에 찾아갔다.

계약금 200만원을 주고 기다렸으나 변호사도 깜깜 무소식이었다. 알고 보니 사무장이 고객들의 돈을 모두 받아 해외로 도피한 것이다. 두 번째 불행이었다.

그는 할 수 없이 혼자 공부해서 소송을 하기로 했다. 법원에서 지급명령을 받으면 끝이라는 것을 알고는 너무 간단해 허망했다.

그는 집달관과 함께 동업자의 주소로 갔으나 동업자는 없고 험악하게 생긴 그의 동생이 지키고 있었다.

집달관과 차압딱지를 붙이려 하자 험악한 얼굴이 붙이지 말라고 화를 냈고 그는 반발하다가 결국 싸움이 일어났다. 그는 험악한 얼굴에게 많이 맞아 얼굴이 잔뜩 부어올랐고 이빨이 2개나 부러졌다. 세 번째 불행이었다.

그는 새삼스레 자기가 이렇게 싸움을 못했나 하며 자책을 하다가 무술학원에 다니기로 했다.

첫날, 낙법을 제대로 익히지 않고 무리하게 하다가 허리를 다친 것이다. 네 번 째 불행이었다.

병원에 입원해 있다 보니 유난히 눈에 띄는 간호사가 있었

다. 그 간호사가 너무 좋아졌다. 그 간호사 오는 시간만 기다려지고 꿈에서도 나타나는 등 사랑에 깊이 빠지게 되었다.

어떻게 말을 붙일까 궁리하다가 어느날 그만 간호사가 링겔

병을 꽂는데 그는 자기도 모르게 그만 간호사의 엉덩이에 손이 가고 만 것이다.

간호사는 소리지르며 날뛰었고 모든 사람들에게 낙인찍혀 따가운 시선을 감내해야 했다. 다섯 번째 불행이었다.

여섯 번째 불행은 곧바로 왔다. 병원에 불이 난 것이다. 그나마 다행인 것은 그는 거의 다 나아가는 상태이므로 거동에 불편함이 없었다.

불이 난 것은 불행이지만 그 불행의 씨앗이 그에게는 첫 번째 행운으로 돌아왔다.

그가 사랑하는 간호사를 불에서 구해내 생명의 은인이 된 것이다. 그 간호사는 고맙다고 거듭 말하고 눈물까지 흘리는 것이었다. 6개월 후 둘은 결혼했다.

결혼 후 알고 보니 간호사의 사촌오빠가 법조인이었다. 두 번째 행운이었다.

사촌오빠의 도움으로 2,000만원을 되찾고 혼자서 사업을 하며 사회에 봉사도 하게 되었다.

그 후 깨달은 것이 있으니 불행도 내가 행운으로 만들 수 있으며 행운이 와도 행운인지 모를때 다시 불행이 온다는 것이다.

불행과 행운은 자기가 하기 나름이다.
불행 후에는 행운이 온다.
최선을 다하고 마음을 다하면 언젠가는 행운은 그대 편이다

김율도 (시인)

4. 나는 예쁘다

수진이는 내 친구의 딸로 7살이고 친구가 세상에서 가장 사랑스럽게 생각하는 여자 아이입니다.

나의 친구는 수진이가 한 번도 화를 내거나 부정적인 말을 하는 것을 본 적이 없습니다.

모든 일에 감사해 하고 어떤 일에서든 즐거움을 발견합니다. 그런 딸을 보는 것이 우리에겐 삶의 커다란 축복입니다.

수진이가 하는 말 중에 '나는 예쁘다' 가 있습니다. 아이는 하루에 만나는 모든 사람에게 말을 합니다.

"나는 예쁘죠?"

"그럼 수진아, 너는 세상에서 가장 예쁜 아이란다."

"특히 이 짧은 머리와 볼의 주근깨가 귀여운 것 같아요. 성당의 벽화에 나오는 아기천사같이…"

그 말에 사람들은 모두 흐뭇하게 웃으며 그녀의 머리를 쓰다듬어 줍니다. 하지만 한쪽 구석엔 안쓰러운 마음을 감출 수는 없죠.

수진이는 태어났을 때 열병으로 머리숱이 다른 아이들에 비해 턱 없이 적고 얼굴은 곰보가 되었습니다.

그는 그런 수진이가 딱 한번 우울해 있는 것을 본 적이 있다고 합니다. 그것은 끔찍한 그의 실수 때문이었죠.

그는 갑자기 사업이 어려워졌고 일이 풀리지 않아 어두운 마음으로 집으로 돌아왔습니다.

힘없이 문을 열었을 때 딸아이가 말했죠.

"오늘 저는 더욱 예쁘죠. 이제 머리가 더 자라 훨씬 예뻐졌어요."

하루 종일 시달려 피곤해져 있던 그는 그만 딸에게 짜증을 내고 말았습니다.

"수진아! 이제 그만 할 수 없겠니? 때로는 주변 사람들 기분도 생각해야 하는 거라고! "

말을 뱉고 그는 아차, 했지만 되돌릴 수 없었습니다. 딸아이의 밝은 두 눈에 먹구름이 드리우는 것을 그는 보았습니다. 딸 수진이가 힘없이 자기 방문을 열고 들어가는 것을 보고 자신이 정말 잔인한 짓을 하고 말았다는 것을 알았다고 합니다.

수진이는 그 후 이틀 동안 말이 없었습니다.

그는 어떻게 하면 수진이의 기분을 풀어줄 수 있을까 고민했지만 방법이 생각나지 않아 답답했습니다.

3일째 되는 날, 다행히 일이 잘 풀려 사업에 숨통이 트였을 때, 그는 오늘이야말로 딸에게 진심으로 사과해야겠다고 마음먹고 조심스레 방문을 열었습니다.

수진이는 걱정과는 달리 뛰어 나오며 친구 품에 안겨 웃으며 말했습니다.

"저는 예쁜 것 같아요. 옆 집 아줌마가 칭찬해줬어요."

그는 다행스런 마음에 나오려는 눈물을 참고 딸의 머리를 어루만지며 고개를 끄떡였습니다. 그리고 물어 보았습니다.

"수진...아, 이틀간 힘이 없더구나, 아빠가 일이 힘들어 짜증을 내 미안하다. 근데 어떻게 다시 기분이 좋아질 수 있었니?"

오히려 아빠를 위로하며 수진이가 말했습니다.

"아무 것도 아니에요. 이틀 동안 혹시 내가 안 예쁜걸까 고민하며 거울을 들여다봤는데 오늘 다시 알게 됐거든요. 내가 세상 누구보다 예쁜 사람이라는 것을요."

그 말을 듣고 친구는 미안함과 고마움에 딸아이를 더욱 꼭 안아주었습니다.

김형선

비관론자는 매번 기회가 찾아와도 고난을 본다
낙관론자는 매번 고난이 찾아와도 기회를 본다

- 윈스턴 처칠 (영국의 정치인)

5. 지금 감사하라

문화인류학자 한상덕 교수가 남아프리카 공화국의 프리토리아를 찾았다. 그곳에서 그는 원주민들과 어울리며 중남부 아프리카의 종교적 공통성에 대해서 연구했다. 원주민들은 매우 친절하고 신앙심이 깊었으며 순박한 사람들이었다.

하지만 남아프리카 공화국에서 에이즈에 관한 문제는 다른 아프리카 국가들과 마찬가지로 재앙에 가까운 수준이었다.

하루에도 몇 명씩 에이즈로 숨을 거두었으며 그로 인한 고아들도 많이 생겨났다. 이 부족에서 유독 전염률이 높은 이유는 사람이 죽었을 경우 사람의 피를 마시는 관습에 있었다. 죽은 이의 용기와 지혜가 전이 된다고 믿었기 때문이다.

한상덕 교수는 족장에게 몇 번씩이나 비위생적인 관습을 중지해야 한다고 말했지만 족장은 전통을 지키는 것은 부족의 정체성과도 관련이 있다고 말하며 그때마다 묵살해 버렸다.

다시 한 사람이 에이즈로 죽었다.

"부인이 있겠군요."

"예..이제 결혼한 지 1년 된... 게다가 임신 중입니다. 이미 부인은 에이즈 양성 반응을 보였습니다. 감염자입니다."

"아이는 어떻게 됩니까?"

"어머니가 보균자일 때 아이도 100% 수태 전염되어 보균자로 태어납니다. 도리가 없군요. 그 부분에 대해선."

"아이를 낳는 것은 미친 짓이겠군요."

그날 밤 마을에선 잔치가 벌어졌다. 커다란 모닥불을 사이에 두고 모두 빙글빙글 돌며 춤을 추었다.

한상덕 교수도 술을 마시며 그 광경을 지켜봤다.

그 때 놀라운 일이 일어났다.

에이즈로 남편을 잃은 여자가 중앙으로 나와 신에게 감사의 춤을 추고 있지 않는가? 진정 기쁜 표정으로 황홀에 도취돼 춤을 추고 있는 그녀를 보고 학자는 믿을 수 없었다. 남편은 에이즈로 사망했고 덕분에 자기도 이미 죽음을 기다리는 보균자이고, 게다가 뱃속에 아기는 죽음을 기다려야 한다.

이렇게 끔찍하고 이토록 비참한데 춤이라니? 도저히 이해가 되질 않았다. 그 때 프랑스인 동료 교수가 말했다

"그녀는 지금 살고 있는 것입니다. 내일이 어쨌든... 지금은 신과 세상에 감사하고 기뻐하는 것입니다."

"죽은 남편의 아이를 가졌다는 사실 말입니까? "

"그렇습니다. 그것이 생명이고 희망이고 사랑이니까요,"

분명 그녀는 언젠가 에이즈로 죽겠지만 언젠가 죽을 일로 슬퍼하기 보단 지금은 감사하고 지금 행복한 것이지요.

자신의 배를 감싸안고 신과 함께 숨쉬는 그녀의 행복한 표정은 충격으로 다가왔다.

지금 살아서 감사하고 행복해라!

김형선

사람이 얼마나 행복한가는 그의 감사의 깊이에 달려 있다.

- 죤 밀러

6. 살아서 다행이다

이런저런 문제로 머리가 복잡했던 시절, '사람은 왜 살아가는 가?' 라는 문제는 나의 영원한 화두였다.

열 여덟 살이었던 나는 존경하던 사회 선생님에게 질문을 했고, 사회 선생님은 곰곰히 생각하시더니 다소 엉뚱한 일화를 들려 주셨다.

짧은 이야기였지만 나는 그 후 스스로에게 더 이상 질문을 하지 않게 되었다.

사회 선생님이 군복무를 하고 있던 1989년의 겨울이었다.

점심을 먹으러 식당으로 향하고 있던 선생님은 군용차량이 전복돼 많은 사상자가 나왔다는 급보를 받고 다른 대원들과 함

께 급히 사고현장으로 달려갔다고 한다.

그 곳은 아수라장이었다. 선혈이 낭자했고 눈에 익은 옆 소대원의 시신은 한쪽에 뉘여져 있었으며 고통에 겨운 부상자의 절규에 모두 당황해 우왕좌왕하고 있었다.

가장 끔찍한 광경은 차에 깔려 팔다리가 모두 절단된 병장이었는데 몸뚱이만 남은 그의 몸은 더 이상 사람의 것이 아닌듯한 인상을 주었다.

그는 충격으로 아픔을 잘 느끼지 못하는지 꿈틀거리며 상체를 차에서 완전히 빼 폭발의 위험에서 벗어나게 되자 하늘로 얼굴을 향하고 이렇게 말했다고 한다.

"어휴...죽을 뻔했다. 살았네."

그 얘기를 들은 모든 사람은 침묵했고 그리고 나도 침묵했다. 그리고 떠오는 생각은 '어떤 형식이든 살아있는 것은 아름답다.'

김형선

낙관주의자는 장미에서 꽃을 보고 비관주의자는 장미에서 가시만 본다.

- 칼릴 지브란 (레바논 시인)

7. 내 안의 거인

옛날 옛적에... 할머니가 말씀하셨다.

그것은 옛날이야기라기 보단... 세상에서 가장 지혜로운 사람인 할머니만이 알고 있는 비밀이었으며 은밀한 진실이었다.

"옛날 옛적에 이 세상에는 거인들이 살고 있었단다."

"거인이요? 크겠네요... 집채만큼..."

"집채보다 더 크지... 하나님은 거인들을 만드시고 세상을 지키도록 했지."

"하나님이 만들었고 거인들이 사는데 왜 지켜요?"

하나님은 완벽하지만 그 무엇이든 만들어진 것은 완전하지 않고 균형을 잃기 쉽다고... 할머니는 말씀하셨다.

"시간이 지날수록 거인들은 교만해졌어. 나무를 뽑고, 해를 가리고, 땅을 파헤치고 물길을 갈랐지. 그들은 자신들만의 질서를 만들려고 했어. 하나님이 만든 세계는 곧 그가 보시기 안타까울 정도로 피폐해져 갔단다."

"건방진 거인들이네요."

"맞아. 그래서 하나님은 세상에서 거인들을 지우기로 했단다. 곧 거인들은 세상에서 사라졌고 질서는 다시 본래의 모습을 찾았어."

곰곰이 듣던 나는 할머니께 질문했다.

"그럼 거인들이 다 사라지고 난 다음에 하나님께서 인간들을 만드신 거군요."

할머니는 날 꼭 껴안고 볼을 만지며 자신의 전 생애에 걸쳐 압축된 지혜를 전달하듯이 또박또박 말씀하셨다. 가만히 생각해 보면 그때가 역시 내 인생의 출발점이기도 했다.

"아니란다. 거인이 사라지고 인간이 나타난 게 아니란다. 하나님은 거인을 작게 만들어 그들의 힘을 빼앗고 인간이라 부르셨단다."

나는 잠잠히 할머니를 바라봤다.

"잊지마. 내 손자야. 비록 작아졌지만 내 안의 힘은 결코 작아진 게 아니지. 네가 올바르고 정의로운 일을 위하여 힘을 낼 때, 꿈을 위하여 스스로 대지에 두 발을 딛고 일어 설 때"

그리고

"그리고 진심으로 간절히 너의 소망이 이루어지길 기도할 때 네 안의 거인이 눈을 뜬단다. 그때야 비로소 넌 하나님이 주신 태초의 힘을 발휘할 수 있는 거야. 내 말을 믿니?"

할머니께서 말씀하셨고 난 믿음으로 응답했다,
그리고 내 안의 거인이 눈을 떴다.
"예, 믿어요! 할머니."라고 내 안의 거인이 대답했다.

김형선

사막이 아름다운 것은 어딘가에 오아시스가 숨겨져 있기 때문이다.

- 생 텍쥐페리 (프랑스 작가)

8. 지렁이의 이주

가게를 폐업하고 무슨 일을 해야 할지 막막하다.

가게를 빨리 빼기 위해 바닥을 보수하고 있다. 임시방편으로 선택한 것이 타일을 걷어내고 시멘트로 다진 후 다시 타일을 붙이는 방법이다. 오늘 보수할 자리는 쇼케이스가 놓여있는 부분이다.

타일이 걷히자 벌레들이 화들짝 놀라 도망쳤다. 개미, 거미, 지렁이....... 내려앉은 바닥은 그야말로 장관이다.

이곳이 한때는 맥주집이었고 또 한때는 식당이었다. 썩고 있는 나무는 이 가게가 옷가게였을 때의 흔적이다.

금 간 나무 사이에서 지렁이가 나왔다. 내가 딛고 다니던 타일 아래에 지렁이가 살고 있었다니! 그저 경이로울 뿐이다.

어제도 두 마리를 목격하고 그 놈들을 화단으로 옮겨주었다. 마음을 똑바로 직시하는 법에 관해 최근에 읽은 책이 도움이 되었다.

내 눈은 이 시뻘건 생명체를 외면하고 싶어 한다. 하지만 나는 타이른다. 선입견을 걷어내고 사물을 직시하라. 지렁이와 개미들에게 이곳은 더할 나위 없이 좋은 보금자리가 아닌가. 누군가 내 방을 보고 끔찍하다는 표정을 짓는다면 내 기분이 어떻겠는가.

두 놈이었는데, 한 놈은 붉고 한 놈은 약간 검다. 나는 조그만 구멍을 파주었다. 붉은 놈이 어느 지점에 이르러 화분 밖으로 머리를 내밀어 허공을 더듬는다.

　그런데 그 순간 놈의 행동이 귀엽게 느껴졌다. 굼뜬 동작으로 뾰족한 머리를 치켜드는 꼴이 마치 나를 보려는 행동, 나와 시선을 맞추려는 행동처럼 보였던 것이다. 끔찍하다는 생각이 걷혔다. 이제 놈들의 촉촉하고 여린 피부가 내 것이라도 되는 양 내 몸 어딘가가 쓰라린 느낌이 든다.

　흙을 좀 더 깊게 파주었다. 비로소 천천히 흙 속으로 기어들어간다. 그 모습을 보고 있자니 마음이 편하다.

　몇일 후 우연히 아이들 책을 보다가 지렁이에 대한 책을 보게 되었다. 내 고정관념은 깨졌다. 지렁이는 피상적으로 알고 있는 것보다 더 쓸모있고 친환경적인 동물이다.

　지렁이는 쓰레기 처리의 천재이다. 지렁이는 각종 찌꺼기나 쓰레기, 동물의 배설물을 먹는다. 그러나 화학비료는 싫어한다. 이러한 쓰레기를 먹고 영양이 높은 변을 눈다. 이것을 분변

토라고 하는데 식물에게 거름으로 주면 좋다.

생태계를 보존하고 친환경적 자연을 이루는데 지렁이는 큰 역할을 하는 것이다. 지렁이는 뼈가 없기 때문에 배설물에는 칼슘이 농축되어 있어 산성토양의 개량에도 효과가 있다.

환경에 공헌하는 지렁이가 한편으로는 사람에게도 제 몸을 바쳐 약효를 가져다 준다. 말린 지렁이 3 ~ 4마리와 비파나무 잎 1잎에다 3홉(540cc)의 물에 끓여 하루 3회에 나누어 마시면 해열의 효과가 있다고 한다.

또한 말린 지렁이를 가루내어 벌꿀을 탄 따끈한 물에 복용하든가, 생것을 푹 끓여 먹으면 천식에 아주 좋다는 것이다.

책을 읽다보니 갑자기 지렁이를 키워보고 싶은 생각이 들었다. 흙이 있고 공기가 잘 통하는 곳이면 산다고 하니까 그리 어렵지 않을 것 같았다.

새로운 사업을 찾고 있었는데 이제야 찾았다. 지렁이 사육사업을 해 볼 생각이다. 돈도 벌고 사회에 공헌하는 사업이니 1석 2조 아니겠는가.

지렁아 고맙다. 네가 마음을 통해서 보면 길이 보인다는 것을 가르쳐 주었구나.

강담마

하나님은 쓸데없는 물건은 하나도 만들지 않으셨어. 너도 꼭 무언가에 귀하게 쓰일거야.

- 권정생 (아동문학가)

9. 아이가 만들어낸 따뜻한 바이러스

"띠리리리리리~~~~ 이번 역은 화서, 화서역입니다. 내리실 문은 왼쪽입니다."

통학에 지쳐 피곤한 몸을 간신히 추스르며 많은 정거장을 지나친 후에야 자리가 생겼다. 쾌쾌한 전철공기, 하루 온종일 일상에 찌들려 피곤에 사로잡힌 사람들. 저마다 어떤 사연을 가지고 전철에 올랐을까? 사람들 표정이 한결같다. 전철 안은 차가운 기운으로 가득했다.

철컥! 옆 칸에서 문을 열고 이동해오는 소리에 놀라 눈을 떠보니 다리가 불편한 아저씨가 앉아 있는 사람들에게 종이를 건네고 있었다. 어느새 내 무릎 위에도 종이가 놓여졌다.

이런 일을 한두 번 겪었으랴. 전철에서 성금을 요구하는 사람들의 실상에 대한 안 좋은 얘기를 접했었던 나는 종이의 내용은 아예 거들떠보지도 않고 눈을 감아버렸다.

그런데 나는 다시 눈을 뜰 수밖에 없었다. 종이를 건넨 아저씨가 울고 있었다. 아저씨는 불편한 다리로 힘겹게 무릎을 꿇고 이렇게 얘기했다.

"염치불구 하고 이렇게 도움을 청하는 것은 저의 아이의 병원비 때문입니다. 아이가 희귀병에 걸려 치료를 받고 있는데... 병원에서 쫓길 위기에 있습니다. .... 아버지가 되어 가만히 있을 수 없기에 여러분께서 조금이라도 도움을 주신다면... "

아저씨의 말은 그럴듯했다. 마음도 아팠다. 그러나 왠지 모르게 자꾸 아저씨의 말이 거짓인 것 같았다.

주변 사람들도 들은 척도 하지 않고 각자 할 일을 하고 있었다. 심지어 아저씨가 건넨 종이 몇 장은 바닥을 뒹굴고 있었다.

그 때 맞은편에서 한 엄마와 아이의 목소리가 들려왔다.

"엄마, 아자씨 불쌍해. 우리 아자씨 도와주자"

"쉿! 저 아저씨는 진짜 불쌍한 사람이 아니야. 요즘에 저렇게 속이면서 다니는 사람들이 얼마나 많은데. 넌 가만있어!"

"그런데 엄마. 진짜로 나 같은 애기가 아프면 어떡해. 할머니가 천원 줬는데 이거 아자씨 줄거야."

" .... 그래..."

엄마가 마지못해 허락하자 아이는 주머니에 있던 꼬깃꼬깃한 천원을 고사리 같은 작은 손으로 꺼내들었다.

전철에는 한사람 한 사람이 지갑을 꺼내기 시작했다. 그때서야 나도 지갑을 가방에서 꺼내들었다. 적막했던 전철 안은 지갑을 꺼내기 위해 부스럭 거리는 소리로 요동치고 있었다.

그때 놀라운 일이 벌어졌다.

아이가 사람들에게 감사하다며 인사를 하는 것이었다. 자기에게 돈을 준 것도 아닌데 아이가 기특하게 감사의 인사를 하고 있는 것이었다.

여기에 이어서 아저씨는 불편한 몸으로 큰 절을 하는 것이었다. 한 두번도 아닌 열 번 이상을 큰 절을 하였다.

울먹이는 목소리로 감사하다며 절을 하는데 불안하여 옆으로 쓰러질 것 같으면서도 숨을 몰아쉬며 계속 큰 절을 하셨다.

누가 말려 주었으면 싶었다.

그 때 아이가 옆에서 따라서 절을 하기 시작했다. 사람들이 감동의 눈길로 쳐다보았다. 아저씨는 마지막 절을 크게 하고 밖으로 나가셨다.

그 때 느낀 것은 아이의 순수했던 온기(溫氣) 바이러스가 전철 안 사람들 뿐 아니라 아저씨에게도 전염되어 어쩌면 당연한 듯 보이는 자선을, 받는 사람으로 하여금 감사하게 느끼게 한 힘이 되었다는 사실이었다.

아... 마음이 뭉클해왔다. 사람 사는 냄새가 났다. 그 아저씨는 도움을 받았지만 더 큰 깨달음을 우리에게 주었다.

정은영 (대학생)

세상은 거울과 같다. 찡그리면 세상도 당신을 보고 찡그릴 것이다. 웃으면 세상도 당신을 보고 웃을 것이다.

- 허버스 사무엘

10. 오로라 여행

두 부부가 한집에서 산다.

그 중 세 명은 장애인이고 한 명은 비장애인이다.

두 여자는 직장이 같고 두 남자 중 하나는 스승이고 하나는 제자이다. 이 들에게는 무슨 사연이 있을까. 이제부터 그 사연을 들어보자

1. 경구 이야기

장애인1급(소아마비) 경구는 국졸로 39년째 집안에서만 생활했다. 하루 일과는 주로 그림그리기, 책보기, 음악듣기, 인터넷 하고 TV보기, 낮잠 자기, 만화보기 등이 전부다.

장애인이지만 천성적으로 낙천적이고 나름대로 즐겁게 살아가고 있다. 39년간 자고 싶을 때 자고, 먹고 싶을 때 먹고, 하고 싶은 것 하는 비교적 큰 불만은 없이 지낸다.

자원봉사 여대생에게 컴퓨터를 배우고 나서 인터넷 채팅방에 들어가 숙련된 채팅빨로 여자들과 채팅을 했다.

채팅으로 몇 명의 여자와 만날 기회가 있었으나 도저히 만날 용기가 나지 않았다. 그냥 채팅으로만 사귀자고 하자 오히려 여자들이 이상하게 여기며 더욱 만나자고 하는 것이다.

여기에 자신감을 얻어 급기야 개인인터넷 방송국을 개설해 재미있게 방송을 하자 인기가 치솟고 만나기를 희망하는 여성

팬들이 많이 생겨났다.

그러던 어느날 민아, 라는 여자가 너무 적극적으로 나와 솔직하게 경구는 자기는 장애인이라고 말을 했는데 민아는 그래도 괜찮다고 하는 것이었다. 전혀 그런 반응을 기대하지 않았는데 괜찮다고 하니 용기가 솟아올랐다.

드디어 민아와 만나는날, 경구는 자원봉사자의 도움으로 서울에서 부산까지 날아가 약속장소에 1시간이나 먼저 나와 앉아서 여자를 기다렸다.

2. 민아 이야기

민아는 귀엽고 날씬한 24살의 대학원생이다. 전공은 심리학. 아버지는 중소기업을 경영하는 사장으로 집은 넉넉한 편이다.

민아는 어느날 처음으로 말로만 듣던 채팅방에 들어갔더니 '제임스' 라는 아이디의 남자가 말을 걸어왔다. 웬지 느낌이 좋았고 이런 저런 얘기를 하면서 고민도 이야기 하게 되었고 하루에 한 번씩 그렇게 채팅을 했다.

그러다가 개인방송을 듣고는 그만 경구의 팬이 되고 만다. 전화 통화를 하는 날 남자 목소리가 소년처럼 맑고 웃음소리가 너무 해맑아 그만 만나고 싶다고 했다.

그런데 저쪽에서는 자신은 장애인이라 것을 밝히고 그래도 만날 수 있냐고 물어본다. 사실 조금 놀라긴 했지만 장애인이기 때문에 만나지 못하리라는 법도 없었다.

만나기로 한 날, 약속 장소에 가보니 웬 왕자처럼 생긴 사람이 미리 나와있는 것이 아닌가?

식사를 하면서 이야기를 했다. 재미있고 환한 웃음의 소유자 경구를 민아는 호감어린 눈으로 바라보았다. 장애을 가졌지만 낙천적이고 유머러스하고 밝은 경구에게 묘한 관심이 일어난 것이다.

경구는 오로라를 보는 것이 소원이라고 했다.

민아는 캐나다에 가면 볼수 있는데 같이 가자고 했다.

3. 경구와 민아

그날부터 경구는 민아와 채팅하고 전화하고 메일을 주고받고 1주일에 한 번은 만나서 데이트를 했다.

주로 경구가 부산으로 내려가는 경우가 많았다. 주로 만나서 하는 일은 식사하고, 산책하는 것 뿐인데 쉽지는 않았다.

택시를 이용하는데 쉽게 택시가 잡히지 않는 것, 지하철을 이용하기도 쉽지가 않고, 사람 많은 곳은 가기가 힘들고 주로 외진 곳을 민아가 휠체어를 밀고 산책해야 하는데 사람들이 힐금 힐끔 쳐다본다.

그럴 때마다 경구는 말했다.

"나를 보건복지부 장관으로 만들어 줘. 장애인들이 마음놓고 다닐 수 있는 시설을 만들게."

데이트 하면서 몇가지 추억이 있다면 휠체어 운전에 능숙한 경구는 무릎에 민아를 태우고 경사진 길을 전속력으로 달리며 스릴을 만끽한 점, 휠체어 타고 춤을 추는 모습을 보여준 것, 실내 수영장에 가서는 남들 몰래 나체로 수영한 것 등이 있었다.

4. 지우와의 만남

이들에게 위기가 찾아오는데 재미있게 진행하는 경구의 인터넷 방송의 한 여성팬이 경구의 집에 찾아와 경구를 만나면서부터 시작된다.

29살의 지우가 열성팬이라며 호들갑을 떨고는 돌아갔다. 지우는 겉은 명랑해도 속은 슬픔이 많은 여자였다. 지우는 고부간의 갈등, 남편과의 성격차, 답답한 유교주의적인 집안 때문에 별거 중이었던 것이다.

천성이 착한 경구는 지우에게 무뚝뚝하게 대하지 못했다. 지우가 발랄한 모습을 보이면 그냥 웃고 받아주며 친구처럼 생각하고 있었다.

지우는 자신이 아이까지 딸린 여자라 적극적으로 다가가지 못하고 다만 자신을 이해해 주기를 바랄 뿐이었다.

민아는 경구와 문자와 전화가 줄어들자 서울로 쳐들어왔다. 그리하여 민아와 지우가 맞닥뜨리는데….

민아와 지우는 대화를 하다보니 서로의 입장을 알게 되었다.

지우는 돌아가신 아버지가 장애인이었는데 경구를 통해 아버지를 본 것이다. 지우는 평소에 장애인에 대한 관심이 많았고 언젠가는 장애인을 위해 일해보고 싶다는 생각을 하고 있었다.

반면에 민아는 장애인의 세계를 몰랐고 경구가 맑고 순수한 영혼을 가지고 있다는 그것만으로 경구를 좋아하는 것이다.

좋아하는 이유가 분명 달랐다.

지우와 민아는 절대 경구를 포기하지 않으리라 굳은 결심을 한 사람처럼 맞대결한다. 이게 어떻게 풀릴 것인가.

둘은 일단은 시간차로 만나고 서로에 대해 인정하며 지내다가 결국은 셋이서 여행도 가고 셋이 어울리는 사이로 되었다.

5. 태현이 끼어들다

장애인 친목모임에 셋은 나가게 되는데 거기서 민아는 다른 장애인에게도 순수한 호의를 베풀자 경구는 질투했다.

태현은 청각 장애인이라 두 다리는 튼튼하므로 지체 장애인을 차에 태우는 등 도움을 많이 주었다. 이에 고맙게 생각한 민아는 수화를 배우려고 하자 경구는 이를 못마땅해 했다.

태현은 경구에게도 친절하게 대하며 휠체어를 밀어주지만 경구는 이를 거부하며 들리지 않을 거라 생각하고 욕을 했다.

귀는 들리지 않지만 입모양을 보고 욕을 한다는 것을 안 태현은 경구를 언덕에서 밀어 구르게 하여 경구의 다리에 큰 부상을 입힌다. 경구는 그만 다리를 절단하고 만다.

큰 사건이었지만 경구는 어차피 걸을 수 없는 것은 똑같다며 웃으며 태현을 용서했다.

지우는 두 다리를 절단한 경구에게 더욱 헌신적으로 대하자 경구는 감동하여 눈물을 흘린다.

민아는 이렇게 된 것이 자기 때문이라 생각하고 경구를 떠나려 했고 감기약을 사다주고 자신에게 희생적인 태현에게 감동하고 순수한 경구에게 죄책감을 갖게 되었다.

둘다 순수한 영혼이지만 민아는 적극적으로 나오는 태현에게 강렬한 이끌림을 받은 것이다.

6. 경구와 지우의 결혼

지우는 결혼을 하자며 경구를 졸랐다.

경구는 민아에게 미안하게 생각했지만 우유부단한 성격 때문에 지우와 무작정 살림을 차렸다. 객관적으로 더 좋은 조건이 었던 민아를 선택하지 않고 아이까지 딸리고 결혼 경험이 있는 지우와 결혼 한 것은 운명이라 생각했다.

그러다가 어느날 지우의 전남편이 찾아와 행패를 부리고 지우를 구타하자 경구는 옆에 있던 전화기로 전남편의 머리를 때려 전치 8주의 부상을 입히고 경찰의 조사를 받기도 했다.

7. 민아와 태현의 동거

민아는 태현을 데리고 집에 인사를 하러갔다. 민아의 집에서는 불호령이 떨어졌다. 들리지는 않지만 느낌으로 심한 모멸감을 느낀 태현은 떠나려고 했지만 민아가 붙잡았다.

민아는 오빠에게 돈을 좀 빌려 방 한칸을 얻고 태현과 동거에 들어갔다. 민아는 아이들을 가르키는 과외를 하며 생활비를 벌었고 경구는 막노동을 하기 시작했다.

8. 지우의 사고

지우는 보험외판일을 하고 경구는 집에서 홈페이지를 만들며 생활했다.

어느날 퇴근시간에 지우는 교통사고를 당했다. 횡단 보도를 급하게 걷는데 승용차가 급정거하면서 받은 것이다.

지우는 2미터를 하늘로 날더니 인도로 떨어졌다. '누구나 예비장애인' 이라고 말한 경구의 말이 현실로 다가온 것이다.

중환자실에서 1주일 후에 깨어난 지우는 척추를 다쳐 식물

인간이 되었다. 이게 웬 마른하늘에 날벼락이냐.

경구는 전세보증금을 빼 병원비를 대고 월세방으로 옮겼다.

지우는 목숨은 건졌지만 휠체어 신세를 지게 되었다. 졸지에 한집에 장애인이 2명이나 생겨 버린 것이다.

지우는 둘 다 휠체어를 타면 서로 불편하니까 경구에게 떠나라고 말했다. 경구는 이 말에 심하게 화를 내며 그럼 나를 사랑하지 않았단 말이냐, 죽을 때까지 같이 있겠다고 했다.

그러나 막상 현실적으로 휠체어를 탄 두 사람이 살다보니 불편한 일들이 일어났다. 집이 좁아 움직이기도 힘들고 빨래, 식사, 잠자리, 외출 등 어려운 일이 한 두 가지가 아니었다.

서로 짜증이 나다보니 싸움이 잦아졌다.

8. 지우의 회복

경구는 당장 먹고 살 일이 가장 큰 걱정이었다. 홈페이지 일을 직접 상담하러 갈 수 도 없으니 일이 없었다.

전에는 지우가 방문 상담하여 수주를 했는데 사고 나면서부터는 일거리를 받을 수가 없게 된 것이다.

경구는 몇 일동안 고민하다가 결론을 내렸다. 지우를 떠날수 는 없다. 경구는 죽을 힘을 다해 지우의 재활 훈련을 도왔다. 그렇게 1년, 드디어 지우는 목발을 짚고 걷게 되었다.

둘 다 부둥켜안고 눈물을 왈칵 쏟았다.

하지만 경구는 지우를 위해 재활훈련을 시키느라 자기 몸은 돌보지 못하여 당뇨에 걸려 오줌을 받아내는 신세가 되었다. 당뇨 말기가 된 것이다.

경구는 자살 어쩌구 이야기를 하자 지우는 지푸라기를 잡는 심정으로 민아에게 연락했다.

9. 동반 여행

민아는 이들의 모습을 보고는 그만 눈물을 흘렸다.

회한과 연민으로 가득찬 천사의 눈물이었다. 민아와 지우는 둘이 껴안고 엉엉 울었다.

신도 없나, 어떻게 이렇게까지 갈 수 있니?

민아는 눈물을 그치더니 예전 경구의 말이 떠올라 4명이 오로라를 보러 캐나다에 가자고 했다.

캐나다에서 오로라를 제대로 볼 수 있는 유콘(Yukon)의 화이트호스(Whitehorse). 캐나다에서 오로라는 'Spirit of God'라는 신성한 이름으로 불리는데, 이와 관련해 신혼부부가 오로라가 출현하는 날에 첫날밤을 맞으면 천재 아이를 낳는다는 속설이 있었다.

현실적으로 캐나다에 가기는 어려워 대신 4명은 동해안을 여행했다. 태현은 경구를 업고 민아는 지우를 업고 다녔다. 경구

는 누워서, 지우는 목발을 짚고 오랫동안 동해안의 바다를 바라보았다.

　잠자리를 같이하고 오로라 대신 별들이 나타나는 창가에서 새로운 희망을 불태웠다.

　거기서 우연히 새롭게 경구가 할 수 있는 일을 발견하는데 그것은 입으로 그림을 그리는 일이다.

　입으로 그린 바다 그림은 너무 아름다워 이 세상엔 없는 그림처럼 하나의 희망이 되었다. 다시 서울로 돌아가 그림을 그리며 살 것을 계획했다.

10. 에필로그

　서울에 온 지우는 민아의 학원에서 사무일을 보며 생활을 꾸려 나가고 경구는 태현에게 그림을 가르치며 함께 어우러져 사랑보다 진한 아름다운 우정을 만들며 살게 된 것이다.

　새로운 희망이 생긴 이들은 한집에서 살게 되고 두 부부가 이상한 동거 생활을 하게 된 것이다.

　어려울수록 서로 기대어 사는 갈대들을 보라.
　바람이 아무리 불어도 흔들릴 뿐 쓰러지지 않는다

　　　　　　　　　　　　　　　　　　　김율도 (시인)

3장

노력과 극복이야기

1. 권정생 선생의 다섯평 흙집

　권정생 선생이 돌아가시고 난 뒤, 조탑리 노인들은 많이 놀랐다고 한다. 혼자 사는 외로운 노인으로 생각했는데 전국에서 수많은 조문객이 몰려와 눈물을 펑펑 쏟으며 우는 걸 보고 놀랐고, 병으로 고생하며 겨우겨우 하루를 살아가는 불쌍한 노인인 줄 알았는데 연간 수 천만원 이상의 인세수입이 있는 분이란 걸 알고 놀랐다고 한다.

　그렇게 모인 10억원이 넘는 재산과 앞으로 생길 인세 수입 모두를 굶주리는 북한 어린이들을 위해 써달라고 조목조목 유언장에 밝혀 놓으신 걸 보고 또 놀랐다고 한다.

　동네 노인들이 알고 있던 것처럼 권정생 선생은 가장 낮은 자리에서 병들고 비천한 모습으로 살다 가셨다.

　세속적인 욕심을 버렸고 명예와 문학권력 같은 것은 아예 꿈도 꾸지 않으셨다. 10여 년 전 윤석중 선생이 직접 들고 내려온 문학상과 상금을 우편으로 다시 돌려보냈고, 몇 해 전 문화방송에서 '느낌표' 라는 이름으로 진행했던 책 읽기 캠페인에 선정도서로 결정되었을 때도 그걸 거부한 바 있다. 그때 달마다 선정된 책은 많게는 몇 백만 부씩 팔려나가는 선풍적인 바람이 불 때였는데 권선생은 그런 결정 자체를 번잡하고 소란스러운 일로 여기셨다.

　권정생 선생이 사시던 집은 다섯 평짜리 흙집이다. 그 집에

권정생 선생의 생가 (사진제공 : 권정생어린이문화재단)

서 쥐들과 함께 살았다. 선생이 돌아가시고 난 뒤 찾아간 집 댓돌에는 고무신 한 켤레가 가지런히 놓여 있었다. 나는 그 고무신을 보고 울었다. 우리가 가지고 있는 많은 신발과 옷을 생각하며 부끄러웠다. 그래도 부족하다고 생각하며 새로운 신을 사들이고 다시 구석에 쌓아두면서 더 큰 신장으로 바꿀 일을 생각하는 우리의 욕망, 우리는 앞으로도 내 욕망의 발에 맞는 신발을 찾아다니는 삶을 살 것임을 생각하며 민망했다.

흙집 뒤에는 진보랏빛 엉겅퀴꽃이 가득 피어 있었고 그 중 한 송이가 앞마당 마루 끝에 혼자 서서 빈 집을 지키고 있었다. 선생이 드시던 것으로 보이는 뻥튀기 과자 반 봉지와 보리건빵 봉지가 어수선한 짐들 위에 놓여 있는 것도 보였다. 우리나라 어린이 문학의 가장 큰 어른은 그렇게 살다 가셨다.

권정생 선생이 돌아가시고 난 뒤 선생의 뒷삶을 정리해 드려야 할 처지에 있는 이들 사이에서 이 집을 어떻게 해야 할 것인가를 놓고 논란이 많았다. 선생은 돌아가시기 열흘 전 평소 가까이 지내던 이 아무개 화백이 찾아왔을 때, 당신이 돌아가시고 나면 동생처럼 지내는 동네 아우에게 맡겨 화장해서 빌뱅이산 언덕에 뿌려달라고 하셨고, 집도 깨끗이 태워 없애달라고 하셨다는 것이다.

지상에서 아프게 살다간 흔적을 깨끗이 없애고 가고 싶은 선생의 마음, 아무 것도 가져가지 않고 아무 것도 남기지 않으려는 그 마음이 권정생 선생답다고 생각했다.

그러나 선생이 사시던 집을 그대로 보전해야 한다는 사람도 많았다. 시청 소유의 하천 부지에 서 있는 다섯 평짜리 낡고 비루한 이 집이야말로 이 시대 때 묻지 않은 순결한 양심의 공간이라는 것이다. 이 집을 그대로 두고 잘 보전하면서 이곳을 찾는 이들이 지상에서의 우리 삶에 대해 성찰하게 해야 한다는 것이다.

또 다른 측면에서 우려를 하는 이들도 있었다. 집을 헐어 없애게 되면 곧 지자체 등에서 선생을 기리는 사업을 한다고 번듯하고 거창한 문학관이나 생가를 짓게 될지도 모른다는 것이다. 그러면 청빈하고 겸허하게 사신 선생님의 삶이 왜곡되어 후세에 전해질 수 있다는 것이다. 선생님이 사시던 가난한 모습 그대로 사람들에게 전해져야 비로소 선생의 정신과 삶이 이 시대에 던지는 의미를 깨닫게 된다는 것이다.

맞는 말이다. 그런데 시골의 쓰러져 가는 흙집은 사람이 살지 않으면 몇 해 못가 주저앉고 만다. 마음만 갖고 보전되는게 아니다. 누가 어떻게 언제까지 관리하고 보전할지에 대한 구체적인 계획이 있어야 한다. 그러나 그 어떤 것보다 중요한 건 선생의 개결한 정신과 무욕의 삶이라는 걸 잊지 말아야 한다.

도종환 (시인)

사진촬영_류종승

권정생

1937년 일본 도쿄 출생. 1946년 귀국하여 부산에서 재봉틀 상회 점원을 하다가 19세때 폐결핵, 늑막염, 신장, 방광결핵 등 많은 병에 걸렸다. 이후 경상도 여러지역을 방랑하다가 1967년에 안동시 일직면 조탑동의 교회에서 종지기로 일했다. 1980년대, 교회 뒤 빌뱅이언덕 밑에 작은 흙집을 짓고 살며 여러편의 동화를 남기고 2007년 5월 17일 세상을 떠나셨다.

1973년에 조선일보 신춘문예에 동화 〈무명저고리와 어머니〉로 문단에 데뷔했고 〈강아지똥〉으로 기독교 아동문학상·한국아동문학상을 받았다. 대표 저서로는 동화집 〈몽실 언니〉, 〈바닷가 아이들〉, 〈점득이네〉등이 있고, 수필집 〈오물덩이처럼 뒹굴면서〉, 시집 〈어머니 사시는 그 나라에는〉이 있다.

우리는 개인의 삶을 사는 것이 아닙니다. 시대와 역사, 아이들의 미래와 함께 사는 것입니다. 현실에 뿌리를 내리고 위대한 이상을 향해 나아가야 합니다. 특히 자신에게는 엄격한 잣대를 들이대고, 남에게는 부드럽게 대해 주십시오.

- 노무현 (대한민국 16대 대통령)

2. 나의 다리를 사랑한다

나는 3살때 앓은 소아마비로 초등학교 들어가기 전까지 지팡이를 짚고 다녔었다. 어린 시절에는 몸이 불편한지도 모르고 동네 여기저기 뛰어다녔다. 무수히 넘어져 무릎은 피투성이가 되어 상처가 아물 날이 없었고, 절벽에서 뛰어내리기도 하고 아이들과 총싸움 등을 하며 활동적으로 놀았다.

그러던 어느날 나는 지팡이를 잃어버렸다.

찾다 찾다가 할 수 없이 지팡이없이 다녔다. 심하게 몸이 기울어지고 힘들었지만 지팡이가 없어도 그런대로 지낼 만 했다. 그 때 이후로 지금까지 나는 지팡이를 한 번도 짚지 않았다.

만약 그때 지팡이를 잃어버리지 않았다면 나는 아마 목발에 의지에 지금까지 살아왔을 것이다. 당장은 도움이 될 지 몰라도 먼 미래를 내다볼 때는 나를 더욱 나약하게 만드는 것이 지팡이였다. 인생에서는 때로는 잃어버려야 더 좋은 것도 있다.

중·고등학교 때는 절뚝거리며 창신동 산동네에서 신설동까지 6년 동안 올라다녔다. 경사는 45도, 거리는 약 1.8km 되는 비탈길을 하루에 한 번씩 올라다니는 것은 엄청난 고통이었다.

아침 7시 30분까지 학교를 가야하는데 6시 30분에 일어나면 아침도 못 먹고 빠른 걸음으로 경사진 길을 내려가야 했다. 그러다가 넘어지기라도 하면 아프기도 하지만 지나가는 여학생들

에게 너무 창피해 빨리 그 자리를 피하고 싶었다.

　한 여름에는 교복이 땀에 흠뻑 젖어 집에 도착하면 항상 옷을
새로 갈아입어야 했다. 우산은 없는데 비가 오는 날에는 빨리
달릴 수 없어 비를 고스란히 맞고 터벅터벅 걸어가 집에 도착하
면 녹초가 되어 쓰러졌다.

　고3 때, 도시락 2개를 싼 가방은 너무 무거워 어떤 날은 다리
가 후들거려 한 발짝도 걸어갈 수 없는 날도 있었다.

　엄지 발가락 밑부분에 힘을 많이 주기 때문에 신발은 그곳에
구멍이 잘 났고 엄지 발톱에 너무 힘을 주어 엄지 발톱은 진물
어 터져 빠지고 얼마 후 새 발톱이 나면 또 빠졌다.

　환절기마다 감기를 앓으며 산동네를 오르내리는 일이 악몽
같았지만 그래도 학교는 다녀야 하는 것으로 알고 6년을 거의

빠지지 않고 등교했다.

학교를 졸업하니 그때서야 산꼭대기까지 가는 마을버스가 생겨 나는 얼마나 억울해 했던가. 그러나 지금 와서 생각하니 산동네를 오르내렸던 것이 가느다란 다리에 힘을 길러준 것만은 확실하다.

나는 학교 가까운 곳 평지로 이사 가자고 계속 부모님께 졸랐지만 경제적인 여건상 평지로 이사할 수 없었다. 고등학교 졸업 후 3년이 지나자 그 때서야 평지로 이사를 왔다.

평지로 이사 오니 너무 좋았고 나는 산이라면 고개를 절래 절래 흔들게 되었다. 그 산동네는 다시는 가고 싶지 않았다.

그런데 참 신기한 일이 일어났다.

산동네를 떠난지 1년 후, 나는 1988년 신춘문예 시조에 당선되었는데 제목이 '산을 오르며' 였다.

우연의 일치일까? 아니다. 은연 중에 내 마음 속에는 산이 자리잡고 있었던 것이라고 해석하고 싶다. 산을 올라다녔던 것은

2004년, 산동네를 떠난지 17년만에 성벽 꼭대기에 와서 바라본 삼선교 쪽 방향

고통이었지만 시간이 지나면서 고통은 아름다운 거름이 되었던 것이다.

지금은 그 시절, 그 추억이 그리워져 자꾸 그 산동네에 가고 싶어 가끔은 차를 타고 올라가 보곤한다.

나의 몸에서 가장 약한 부분인 다리를 나는 사랑한다. 그대도 당신의 가장 약한 부분을 사랑하고 약하다고 너무 감싸지 말고 단련을 시키길 바란다.

나의 다리야 고맙다. 앞으로도 잘 부탁한다.

김율도 (시인)

괴로움이 지나고 간 것을 맛보아라.
고통도 지나고 나면 달콤한 것이다

- 괴테 (러시아 문호)

3. 기통과 문방

1970년대, 우리나라가 한참 잘 살려고 노력하던 때의 일입니다.

"어허, 저 녀석 또 늦었어."

수위 아저씨가 혀를 차는 아이 민철이는 바로 학교 코 앞에 있는 우리 문방구에 살고 있지만 늘 늦잠을 자고 매일 이렇게 지각을 합니다.

땀을 닦으며 민철이가 자리에 앉았습니다.

옆자리에 앉은 형석이는 일산에서 기차로 통학하는 아이입니다.

학교를 가려면 초등학교때 부터 서울에 있는 좋은 학교를 가야 한다고 농사짓는 아버지, 어머니가 기차를 태워서 서울의 학교로 보냈습니다. 물론 혼자 오는 것은 아니고, 중학교 다니는 형과, 고등학교 다니는 누나와 함께 기차통학을 하는 거였습니다.

신촌 역에 내려서 학

교까지 걸어오는 것이지요. 그래서인지 기차시간을 맞추다보면 항상 민철이와 다르게 형석이는 일등으로 학교에 옵니다. 아침 7시 반이면 학교에 도착해서 교실 문을 열고 들어가는 형석이의 별명은 기통입니다. 기차를 타고 통학한다는 뜻에서 생긴 별명입니다.

반면에 짝인 민철이는 이렇게 매일 지각을 하니 문방구 집 아들이 지각한다고 별명이 문방이 되었습니다.

"야, 문방. 넌 좀 일찍 오면 안 되냐? 내가 너라면 정말 일찍 오겠다. 집도 가깝고 ……"

"야, 기통. 넌 기통이니까 일찍 오지. 내가 뭐 하러 학교 앞에 사는데 일찍 오냐?"

두 아이는 쉬는 시간에 서로 장난으로 시비를 걸었습니다.

"지각이 내 취미잖아. 교문 닫는 순간에 달려 들어오는 기쁨을 네가 아냐? 모르지? 하하하하! "

"아무도 오지 않은 학교를 걸어 들어오는 기쁨을 네가 아냐?"

그러던 어느 날이었습니다. 그날도 늦어 담임선생님께 야단 맞는 민철이를 보고 형석이가 말했습니다.

"선생님, 제가 오면서 민철이를 깨우고 오면 어떨까요?"

"뭐?"

"아침에 제가 깨우면 그때 일어나서 민철이가 밥 먹고 일어나서 세수하고 오면 지각하지 않을 텐데요."

"그래. 그럼 형석이 부탁한다. 내일 한번 해봐."

그래서 민철이는 형석이와 약속을 했습니다. 아침 일찍 깨워 주기로……

다음날 아침이 되었습니다. 민철이는 밤새 꿈을 꾸다가 엄마가 부르는 소리에 눈을 떴습니다.

"어, 형석이는?"

"형석이가 오긴 왜 와? 애들 다 갔어. 빨리 뛰어."

민철이는 정신없이 일어나서 세수를 하고 이빨을 닦은 뒤 부랴부랴 밥을 먹는 둥, 마는 둥 하고 문방구를 뛰쳐나왔습니다.

"형석이, 이 자식. 나쁜 녀석이야. 혼내 줄 거야."

교문이 닫히려는 순간 아슬아슬하게 들어간 민철이는 헐레벌떡 교실로 달려갔습니다. 담임 선생님이 눈을 부라리자 지레 겁먹고 말했습니다.

"형석이가요, 깨워주기로 했는데요……."

"형석이 아직 안 왔다."

고개를 돌려보니 정말 형석이 자리는 비어 있었습니다.

선생님은 수업을 시작했습니다. 자리에 앉은 민철이는 옆자리가 허전해지자 이상했습니다.

"형석이가 왜 안 왔지? 아픈가? 어떻게 된 일이지?"

1교시가 20분 정도 진행됐을 때였습니다. 갑자기 교실문이 드르륵 열렸습니다. 거기에는 온몸이 땀으로 젖은 형석이가 서 있었습니다. 아이들은 모두 고개를 돌려 바라보았습니다.

"형석아, 어떻게 된 일이니?"

선생님이 깜짝 놀라 물었습니다.

"서, 선생님. 죄송해요. 기차가요, 수색에서 고장났어요."

"그래? 그래서 어떻게 했어?"

"기차에서 내려서 두 시간 동안 걸어왔어요."

온몸이 땀으로 젖은 형석이는 비틀거리며 교실에 들어와 자리에 앉았습니다. 선생님은 그걸 보고 눈시울을 붉힐 뿐 아무 말도 하지 못했습니다.

민철이는 형석이의 땀에 젖은 몸을 보며 깨달았습니다. 학교 앞에 살면서 매일 지각하는 자신이 너무 부끄러웠습니다. 먼 곳에서 오지만 형석이는 오늘 같은 날 학교를 오겠다고 두 시간을 걸어서 오는데 자신은 불과 열 걸음도 안 떨어져 있는 곳에 살면서 매일 지각했다는 것이 창피했습니다.

"민철아 미안해. 내가 깨워주지 못했지?"
"아니야, 형석아. 내가 미안해. 내가 너무 게을렀어. 내일부터는 정말 일찍 일어날 거야."
"그래, 민철아. 학교 앞에 산다는 게 얼마나 좋은 일인지 네가 몰라서 그래. 난 네가 부러워."
다음날부터 형석이는 약속대로 민철이를 깨웠고, 민철이는 일주일 정도 형석이가 깨우자 알아서 일찍 학교에 오게 되었습니다. 일찍 와서 아무도 오지 않은 학교를 걸어 들어오는 기쁨을 알게 된 뒤로 민철이는 더 이상 지각하지 않게 되었습니다.

고정욱 (작가, 아동문학가)

우주에 절대적인 존재가 있든 없든 사람으로서 당연히 지켜나가야 할 중요한 가치가 있다면 아무런 보상이 없더라도 그것을 따라야 한다.

- 안철수 (기업인, 교수)

4. 묵독의 힘

베스트셀러 시집의 저자이고 대중적으로 유명한 시인이 있었다. 10여년 이상을 크게 인기를 끌다보니 그 시인이 그렇게 사랑받고 유명해 진 이유를 분석한 글들이 나타났다.

첫째, 민중문학이 수그러들 때 나왔기에 관심을 받을 수 있었다. 둘째, 이미 많이 집필한 번역서적으로 이름이 널리 알려져 있었다. 셋째, 여성이나 청소년에게 호감 가는 제목이다.

그러나 실제로 또다른 이유가 있었다.

어느 날 그 베스트셀러 시인의 문학 강연회가 열렸다.

어느 참가자가 질문했다.

"매번 책을 낼 때마다 베스트셀러를 만드는 비결이 뭐예요?"

시인이 대답했다.

"제가 지금까지 낸 책이 70 - 80권이 됩니다 그중에서 80 - 90 퍼센트는 초판도 팔리지 않았지요."

또 다른 참가자가 질문했다.

"영문과를 나오지 않았는데 어떻게 번역을 그렇게 잘하시나요? 비결이라도 있나요?"

"비결은 없습니다. 저는 중학교 1학년 영어책부터 다시 공부했습니다."

또 다른 참가자가 질문했다.

"독자들의 심금을 울리는 필력은 어디서 나오나요? 여행에서 나오나요, 명상에서 나오나요?"

그 시인은 손가락을 보여주면서 말했다.

"제 필력은 여기서 나옵니다"

그 시인의 두 번째 손가락은 커다란 물혹이 달려있었다.

"너무 많이 글씨를 쓴 탓에 난 이 혹에 있습니다. 아무리 펜을 쥐어도 이제는 아프지 않은 이 혹은 제 글의 힘입니다."

히피같고 현실도피적인 이미지의 시인이기에 생활이 무절제하고 게으를 거라고 생각한 것은 고정관념이었다. 그는 보통 사람보다 더 철저히 자기관리를 하고 자기 자신에게 혹독한 노력파 시인이었기에 베스트셀러 시인이 되었던 것이다.

백조가 물 위에 떠가는 모습은 우아하지만 물 위에 뜨기 위해 물 밑에서는 끊임없이 발을 움직인다.

김율도 (시인)

5. 왕따를 극복한 친구 이야기

중학교 2학년, 내가 삼삼오오 모여 친구들과 한창 수다를 떨고 있을 때, 우리 반 최슬기는 언제나 혼자였다.

지금 생각해 보면 그 친구가 머리에 살짝 비듬이 많았던 것 남들보다 약간 독특한 사고방식을 가졌던 것 외에 다른 아이들과 다를 바 없던 아이였다.

그러나 반에서 '껌 좀 씹는다는' 아이들은 슬기를 대 놓고 골려먹고 괴롭히곤 하였다. 슬기는 혼자 묵묵히 그 괴롭힘을 감당했다.

마음 같아서는 "그만해!" 하고 그 아이들을 다 때려주고 싶었지만 나도 같이 따돌림을 당할까봐 그냥 지켜보기만 할 뿐이었다.

새 학기가 시작되고 한 달 정도 후, 다가오는 중간고사에 대한 불안감으로 학원을 다니게 되었고 그 곳에서 슬기를 만났다. 슬기는 공부를 잘했기 때문에 학원비도 안내고 공짜로 학원을 다닌다고 했다. 나는 그 아이와 점차 가까워지게 되었다.

학원이 끝나는 9시에서 10시 사이에, 우리는 슬기 엄마가 하는 시장에 가서 떡볶이와 순대를 공짜로 먹었다. 우리는 만화책 이야기, 좋아하는 연예인 이야기를 하며 가게 안이 떠나가도록 웃곤 했다.

그러나 학교에선 달랐다. 슬기와 친해졌다는 것을 알면 친구들이 나와 같이 놀지 않을까봐 학교에서는 일부러 말도 잘 시키지 않았다. 가끔 친구들과 있을 때 슬기가 말을 걸면 화장실을 핑계로 그 자리를 피하곤 했다. 하지만 슬기는 이런 내가 밉지도 않은지, 학원에선 한결같이 나에게 잘 해주었다.

무더위가 한창이었던 여름 날, 체육시간이 끝나고 교실에 들어온 우리들은 불쾌지수가 최고로 치솟고 있었다. 그 때 갑자기 당시 학교에서 '주먹 좀 쓴다는' 그래서 남자아이들도 함부로 건드리지 못하는 선미(가명)가 나에게 다가왔다.

"야, 네가 내 욕하고 다녔다며? 옆 반 애한테 다 들었다."

"무... 무슨.. 소리야, 내가 언제?"

나는 애써 떨리는 목소리를 감추려 했으나 잘 되지 않았다.

"네가 난 싸움만 잘하고 머리는 나쁘다고 했다며! 어디서 오리발이야 이게."

선미가 체육을 잘해서 공부 쪽보다는 그 쪽으로 나가는 게 좋을 것 같다고 농담 삼아 했던 말이었는데....선미는 흥분해 있었다.

오해라고 말할까? 아 제발 남자애들 없을 때 때려줬으면 좋겠다, 라고 생각하고 있는데, 바로 그 때.......

"야, 김선미! 그만하라고. 네가 싸움 좀 잘한다고 대통령이라도 되는 줄 아냐?"

슬기였다. 모든 아이들이 놀라 슬기에게 집중했고, 선미는 어이없다는 듯이 비웃으며 슬기를 노려보고 있었다.

"죽고 싶나 이게.. 왕따년이.. 너 오늘 한번 죽어볼래?"

매우 위협적인 말이었으나 슬기는 꿈쩍하지 않았다.

"네가 듣지도 않은 이야기 가지고 사람 함부로 의심하는 거 아니라고!!"

선미는 슬기를 능숙하게 팼다.

바보 같이.. 나도 모르게 눈물이 나왔다. 남자아이들에게 창피해서도, 억울해서도 아니었다. 슬기에게 너무 미안해서였다. 이제 슬기는 더 괴롭힘을 당할게 뻔한데... 멍청한 기지배 매일 힘들어하면서..

그 뒤로 슬기를 향한 선미의 괴롭힘이 심해진 건 당연한 일이었다. 슬기 책상에 쓰레기를 올려놓고, 책에 낙서 해놓고.. 아주 더러운 짓은 골라서 했다. 슬기는 아무말 없이 참고 있었다.

그러던 어느날, 선미가 나에게 슬기에게 하듯 똑같이 괴롭히기 시작했다.

"너 슬기년이랑 논다며. 너도 4차원이냐?"

이를 지켜보며 꾹 참고 있던 슬기가 난데없이 머리로 선미의 얼굴을 받아버렸다.

"쿵"

코피를 주룩 흘리는 선미는 정신이 아찔했던지 잠시 비틀하더니 주머니에서 작은 칼을 꺼내 슬기의 팔을 찔렀다.

슬기는 피가 흐르는 팔로 책을 집더니 모서리로 선미의 머리를 내려치며 말했다.

"날 놀리는 건 참을 수 있어도 연주를 괴롭히는 건 못참아. 내가 싸움 못해서 안하는 줄 아니, 너와 똑같은 애가 되기 싫어서 안했던 거야. 별것도 아닌게 조용히 사는 호랑이를 건드려?"

완전 반전이었다. 슬기가 그런 면이 있는 줄은 꿈에도 몰랐다.

결국 둘은 병원에 입원했고 선미는 퇴원후 바로 전학갔고 슬기는 새로운 '짱' 으로 추대되는 분위기였다.

그 후 선미와 나는 합기도를 배우기 시작했다. 이후로 우리반에서 아무도 왕따를 당하는 아이는 없었고 우리는 전보다 더 진한 우정을 만들어나갔다.

그 후로부터 6년이 지났다. 강원도 삼척으로 이사간 슬기와 연락은 끊겼지만 가끔씩 그때를 떠올리곤 한다. 나에게 진짜 우정을 알게 해준 슬기가 너무나 보고 싶다.

"야 최슬기! 잘 지내고 있지? 이젠 머리는 잘 감고 다니는 거야? 우리 집 전화번호 안 바뀌었으니까 이 글 보면 꼭 전화해라! 이젠 돈 들고 떡볶이 사먹으러 갈게..."

김연주

좋은 친구란, 좋을 때는 불러야만 나타나고 어려울 때는 부르지 않아도 나타나는 친구다.

- 보나르

6. 행복공식

초등학교 때 나의 꿈은 교사였다. 가족들 모두가 교사가 되는 것을 원해서이기도 했지만 내가 본 교사라는 직업은 쉬는 날도 많고 멋있어 보였다. 그게 전부였다.

중학교에 입학한 후에도 내 꿈은 오직 교사였다. 내가 본 교사의 모습은 초등학교 때와는 달랐다. 학생들에게 공부를 열심히 가르치는 것은 물론, 우리를 발전시킬 수 있는 방법도 가르쳐 주셨다. 아주 따뜻한 사랑으로 말이다.

중학교 1학년 때 나는 불량서클의 선배, 친구들과 함께 어울려 다녔고 그럴수록 더욱 망가져갔다. 어려운 가정형편으로 인해 어려서부터 조부모님과 살아야 했던 나는 외롭고 쓸쓸했다.

엄마의 따뜻함도 아빠의 든든함도 나는 알지 못했다. 시간이 갈수록 나의 방황은 심해졌고 학생부를 매일 다닐 정도로 바르지 못한 학생이었다. 술과 담배가 일상이었고 밤늦게까지 친구들과 어울리고, 후배들의 돈을 빼앗는 것이 내가 가장 잘 할 수 있는 것이었다.

나는 이때 세상에 태어나서 처음으로 진술서라는 것을 써보았으며 두려움이라는 것을 느껴보았다. 이런 나를 담임선생님을 비롯한 모든 선생님들께서는 나무라는 것이 아니라 더 많이 말도 걸어 주시고 상담도 해주셨다. 나만의 반성 일기도 만들어

주셨다.

"나의 심지는 원래 요란함이 없건만 경계를 따라 있어지나니, 그 요란함을 없게 하는 것으로써 내 안의 잠시 쓰러져 있던 지성의 정(고요함), 혜(지혜로움), 계(바름)를 세우자"

선생님께서 나에게 알려주신 행복 공식이다. 정말 신기한 공식이다. 나에 대해서 생각하고 일깨워 주는 특별한 힘을 가지고 있다. 나는 이렇게 행복 공식에 나의 생각을 하나하나 대입하면서 일기를 썼고 일기를 통해 선생님과의 대화 시간도 많아졌다.

힘들어서 중심을 못 잡을 때면 일기를 통해 용기도 주었다. 엄마의 따뜻함이라는 게 이런 걸까? 바르지 못한 나를 보며 가슴 아파하는 사람이 있구나. 이 세상에 나를 이해해주고 내 편이 되어 줄 수 있는 사람도 있구나. 그 어떤 말로도 표현할 수 없을 만큼 행복했다.

이렇게 3년 내내 반성 일기를 썼고 어느 날 거울을 통해 본 내 모습은 예전과 많이 달라져 있었다. 화장 안 한 얼굴, 바른 교복차림, 책이 든 가방, 그리고 웃는 얼굴. 반성 일기를 쓰면서 매일 투덜댔는데, 3년 후 나의 모습은 너무 감격스러웠다.

담임선생님께서는 난 변할 수 있고 무궁무진한 가능성이 있는 아이라며 언제나 믿고 있다고 내 손을 잡고 말씀해주셨다.

난 믿지 않았다. 나는 선생님이 생각하시는 것만큼 희망이 있는 아이가 아니라고 생각되었기 때문이다. 그러나 선생님께서는 나를 정말 학생다운 학생으로 만들어 주셨다.

고등학교에 입학한 나는 교사라는 직업보다 단지 회사에 취업하는 것이 꿈이 되어 버렸다. 9년 동안 꼭 이루겠노라고 생각해 왔던 꿈을 이루지 못할 것 같아 겁이 났다. 취업을 하겠다고는 했지만 내 맘 속에는 늘 교사라는 꿈이 있었다. 그래서 나는 교사라는 꿈을 포기하지 않기로 했다. 고등학교에 와서도 중학교 때 만큼이나 따뜻한 마음으로 사랑을 전해주시는 선생님을 만났기 때문이기도 하다.

나는 지금 취업반이다. 취업 후 등록금이 마련되면 본격적으로 교사가 되기 위한 공부를 시작할 것이다. 그래서 대학졸업 후 교사를 할 것이다.

나는 영어 교사가 되고 싶다. 그 전에 방황하는 학생들, 가정환경이 어려운 학생들 뿐 아니라 모든 이 땅의 고통 받는 학생들에게 힘이 되는 교사가 되고 싶다. 내가 받았던 감사함을 사랑으로 전해주고 싶다.

"선생님 감사해요, 선생님으로 인해 희망이라는 걸 배웠고 사랑이라는 것을 느낄 수 있었어요. 제게 주셨던 그 큰 사랑을 이제는 다른 아이들에게도 꼭 나누어 줄게요."

박영지 (고교 3학년)

꿈을 가지고 무엇인가 할 수 있다면 시작하라.
새로운 일을 시작하는 용기 속에 그대의 천재성과 능력과 기적이 모두 숨어있다.

- 괴테

7. 헌 자전거

지웅이는 섬마을 분교에 다니는 초등학교 2학년이다.

아빠가 쉰아홉에 지웅이를 낳았을 때 너무나 기뻤다. 일을 너무 많이 한 아빠는 허리가 완전히 기역자 모양으로 굽어 있었다. 그래도 아이를 위해 조개도 캐고 낙지도 잡았다.

지웅이는 친구가 없었다. 2학년은 혼자뿐이었고 형들은 지웅이를 별로 좋아하지 않았다. 더군다나 지웅이는 다리마저 절고 있었다. 형들과 함께 어울려 놀려고 애를 썼지만 힘이 들었다.

청포도가 익어 가는 7월의 어느 날이었다.

6학년 현철이 형이 자전거를 끌고 운동장에 나타났다. 육지에 사는 작은아버지가 생일 선물로 준 자전거를 전교생이 바라보는 가운데 뽐내었다. 모두가 부러움의 눈초리로 바라보았다.

그런데 우스운 것은 자전거를 탈줄 아는 사람은 아무도 없다는 것이다. 그 날부터 운동장은 자전거 배우는 연습장이 되었다. 오직 유일하게 지웅이 혼자만 보고만 있어야 하였다.

연습을 시작한지 2개월이 지나자 모두 자전거를 탈 수 있게 되었다. 지웅이도 타보고 싶었으나 몸이 불편하니 탈 수 없다고 단정을 해버리고 있었다.

"자전거 타는 법 좀 가르쳐 줘."

"뭐라고? 자전거를 타고 싶다고? 하하."

형의 웃음소리가 아이에게는 비수가 되었다. 눈물이 나왔다.

아빠가 원망스러웠다. 엄마도 미웠다. 죽고 싶었다. 길이가 다른 다리를 가진 자신이 슬프기만 하였다. 자전거 생각만 하다가 지쳐 잠이 들었다.

꿈 속에서 아빠가 자전거를 사주었다. 기뻐 소리를 쳤다.

"아빠 고맙습니다. 역시 아빠가 최고야."

아이의 잠꼬대를 들은 아빠는 마음이 미어졌다. 선명하게 남아 있는 눈물 자국을 보고 아빠의 마음은 아팠다.

10월 3일은 아이 생일이었다.

자전거 가격이 10만원이라는 말을 듣고 한숨을 내쉬었다. 밤낮으로 일해도 그때까지는 4만원밖에 모을 수가 없었기 때문이었다. 할 수 없이 육지에 나가는 이장님께 4만원을 주면서 헌자전거를 부탁하였다.

아이가 잘 때 아빠는 자전거에 페인트칠을 했다.

다음 날 아침. 아이는 너무 기뻐 자전거를 학교에 가지고 가

자랑했다. 그런데 형들은 콧방귀만 뀌었다. 헌 자전거 한 대 가지고 뭘 자랑하느냐고 하였다. 탈 줄도 모르면서 자전거가 무슨 소용이냐고 하였다.

화가 났다. 비웃는 형들의 콧대를 꺾어 놓고 싶었다. 자전거를 타기 위하여 노력을 다 하였다. 아이의 몸은 상처가 나기 시작하였다. 그래도 상관하지 않았다. 넘어지면 다시 일어났다. 허리가 기역자로 굽어진 아빠가 자전거를 잡아주며 도왔다.

2주일이 지나면서 아이도 자전거를 탈 수가 있게 되었다.

아빠는 아들이 자전거 타는 모습을 보며 뜨거운 눈물을 흘렸다. 절뚝거리며 걸어가는 모습이 아닌 아름다운 바퀴를 굴리는 모습이었기 때문에 그 모습에 감격한 것이다.

아이는 이젠 그냥 평범하게 타는 것이 아니라 묘기를 부리며 탔다. 손을 놓고 타기도 하고 뒤로 타기도 하고 물구나무 서서 타기도 했다. 섬에서 제일 자전거 잘 타는 아이가 되었다.

어디서 박수치는 소리가 들렸다. 다른 아이들도 지웅이의 노력에 감동하여 박수를 치며 기뻐했다.

섬사람들은 자전거를 타고 달리는 아이를 보면 엄지손가락을 들어 보였다. 그러면 아이도 똑같이 엄지손가락을 들어 보였다.

정기상 (작가, 초등학교 교사)

눈에 망막이 형성된 것도 우리 자신이 무언가를 보고자 하는 의지가 있었기 때문이다. 물이 바다로 흐르는 것, 자석이 쇠를 끌어당기는 것조차도 그 개체들의 의지의 발로 때문이다.

- 쇼펜하우어 (독일의 철학자)

8. 절망의 당사자가 노래하는 희망

체위변경을 하고 돌아누워 있는 언니의 어깨가 아담합니다. 신종 플루가 기승을 부리고 있어 우리 가족들은 외출하고 돌아오면 강박적으로 손을 씻습니다. 자가 호흡을 하지 못해 산소 호흡기에 의지해 하루하루 살아가고 있는 언니가 폐렴에 걸리면 큰일이기 때문입니다.

1992년부터 아슬아슬하게 이어온 언니의 투병 생활. 아무도 언니에게 희망을 들려주지 않았습니다. 주변에는 의학적 지식에 의거해 냉정한 말들을 쏟아내는 사람들뿐이었습니다. 언니는 스스로 희망을 찾았습니다. 자주 고장을 일으키는 몸에게 절망의 말보다는 괜찮아질거야, 라는 위로의 말을 자주 했습니다.

언니는 기적처럼 위험한 순간들을 넘겼습니다. 전신마취가 불가능해 합병증이 발병하면 생명이 위태로운 상황에서 요로결석이나 맹장, 폐렴 등에 시달리며 병마와 싸웠습니다.

언니는 병상 시인으로도 제법 알려져 장애인 문학상을 수상하기도 했습니다. 언니는 뭐든지 서두르지 않습니다. 언니의 감성은 아이의 그것과 같습니다. 아파트 베란다 문을 열어 놓으면 계절이 변할 때마다 언니는 누워서 날씨를 가늠하고 계절을 느낍니다.

언니의 시를 읽고 사람들은 "희망"의 기운을 감지해냅니다.

언니를 동정하려고 집을 찾아온 손님들은 오히려 언니에게서 힘을 받고 간다며 웃는 얼굴로 집을 나섭니다.

정부에서 받는 보조금으로 생활하는 처지면서 언니는 꼭 연말에 단돈 만원이지만 불우이웃 돕기에 성금을 냅니다. 다른 사람의 도움을 받아야만 일상생활을 영위하는 언니는 본인도 누군가에게 도움이 되고 싶다고 말합니다.

언니의 손발이 되어주었던 어머니가 교통사고로 갑자기 돌아가셨을 때, 언니는 세상을 잃은 것처럼 슬퍼했습니다. 2년이 지난 지금은 간병아줌마의 보살핌을 받으며 어머니에 대한 그리움을 달래고 있습니다.

저는 어머니가 보고 싶으면 남몰래 울지만 언니는 어머니가 생각나면 시를 씁니다. 우리 가족은 언니의 시를 통해 엄마를 떠올리고 기억합니다.

일상의 자질구레한 일들에 신음하며 살아가는 우리를 언니는 자주 흔들어 깨웁니다. 지금 우리가 겪고 있는 것은 아무것도 아니라고. 희망은 그것을 간절히 바라는 사람에게 언제나 출동할 준비가 되어있다고.

오늘도 언니는 호흡기에 의지해 숨을 쉬고 밥을 겨우 씹어 넘깁니다. 그래도 웃고 있습니다. 사람들이 찾아오면 상대보다 더 많이 말을 하면서 웃어줍니다. 그러면 나도 그 사람도 어느새 마음이 환해지는 것을 느낍니다.

김민영

영원히 살 것처럼 꿈꾸고 마치 오늘 죽을 것처럼 살라

- 제임스 딘

9. 고구마 줄기처럼

　거의 8년여의 직장생활을 정리하고 나는 프리랜서를 하기로 결심했다. 그 때 나이 스물일곱!!

　일은 내 자취방에서 시작하기로 했다. 컴퓨터, 프린터 등 모든 장비를 구입하는데 그동안 내가 벌어놓은 혼수자금을 모두 지출하였다. 하지만 프리랜서의 일은 그리 쉽지 않았다. 사무실 없이 일하다 보니 더욱 그랬다. 수입보다 지출이 더 많았다.

　8개월이 지난 어느 날이었다. 집 근처에 한 아담한 가게가 들어섰다. 이제 더 이상 무엇이 두려우랴!!

　그 가게의 전화번호로 전화를 걸었다.

　"안녕하세요. 저는 서형숙이라고 하는데요…"

　조금은 어리둥절한 음성의 그에게 함께 가게를 운영해 보면 어떻겠느냐고 제의를 했다. 그가 선뜻 가게를 방문해 보라고 했다. 그의 인상은 너무도 선해 보였다. 그는 아무런 조건없이 여벌로 있던 자신의 가게열쇠를 나에게 건네주었다.

　그러나 가게만 있으면 수입은 보장 될 거라는 확신에 찬 예감은 어이없게도 빗나가고 말았다. 나의 좌절감은 절정에 다다랐고 경제적인 상황은 최악이었다.

　심한 우울증으로 방황하는 나에게 그가 한강으로 바람이나 쐬러 가자고 제안했다. 그와 나는 맥주를 마셨다.

　취기가 오르자 나는 기어이 슬픈 곡조를 그 앞에 토해내 버리고 말았다. 그날 처음으로 그 자신 역시 현실을 버텨내기가 버겁다고 내게 고백했다.

집 앞 골목에서 그에게 손을 흔들며 뒤돌아서서 걷는 나에게 그의 외침이 들려왔다.

"어허.. 걸음이 비틀거린다. 똑바로 걷지 못해요? 똑바로!"

왜 그랬을까! 똑바로 걸으라는 그의 외침이 나에게 새로운 삶의 지표를 가리키는 하나님의 격려처럼 들린 것은...

그날 이후 그와 나는 머리를 맞대고 꾸준히 발로 뛰었다. 그의 영업이 결실을 맺으면서 조금씩 안정감을 찾기 시작했다.

2년 6개월간의 동업자로 일하면서 누가 먼저랄 것도 없이 그와 나는 장래를 약속했고 우리는 결혼을 했다.

결혼 후 다음해 초여름이던가!

남편은 겨우내 물속에 담가 재배했던 고구마줄기를 옥탑화단에 옮겨 심었다. 햇빛을 보지 못해 여린 줄기였다.

그게 살겠느냐고 내가 반문했더니 남편은 말했다

"고구마는 메마르고 척박한 땅에서도 끈질기게 살아남는 식물이야. 그러니까 구황식물이라고 하지"

나는 그런 남편의 말을 여전히 반신반의 했다. 하지만 여름이 깊어지면서 옥탑마당은 고구마 줄기로 무성했고 그해 가을, 그 고구마줄기는 우리에게 굵은 고구마들을 선물했다. 앞으로도 나는 이 고구마줄기처럼 남편과 풍성한 열매를 맺을 수 있도록 하루하루 최선을 다하여 살아갈 것이다.

서형숙

나는 항상 내가 할수 없는 일을 한다. 혹시 내가 그 일을 어떻게 하는지 배우게 될 지도 모르니까.

- 피카소 (스페인의 화가)

10. 엄마가 달라졌어요

희망이는 오늘도 2교시 후 집으로 돌아갑니다. 허리가 아파서 더 이상 수업을 들을 수 없기 때문입니다. 이제 겨우 열두 살인 희망이는 척추장애를 가지고 있습니다. 태어날 때부터 척추장애를 가지고 태어난 건 아니었습니다.

희망이가 아주 어렸을 때, 엄마와 아빠가 무슨 일인지 아주크게 다투시고 아빠가 집을 나가버리셨습니다. 그 후에 엄마는너무나 괴로워하시며 매일 술을 드셨습니다. 엄마가 어느 날 아기였던 희망이가 누워 있는걸 보지 못하시고 희망이를 밟고 말았습니다.

그 후 희망이는 오랫동안 서 있지도 앉아 있지도 못하게 되었습니다.

희망이의 엄마는 자책감이 더해 더 이상 살아갈 힘을 잃어버리고 말았습니다. 엄마는 늘 술을 드시면 희망이에게 미안하단말씀만 하십니다. 자신은 엄마 자격이 없다고, 차라리 자신이죽겠다고. 그러나 희망이는 그런 엄마를 정말 사랑합니다.

희망이는 힘들지만 포기란 걸 모르는 아이였습니다. 학교에서 조퇴하고 집에 와서 누워 책을 읽고 공부하고 허리가 덜 아플 때면 앉아서 수학문제 풀기에 열을 올렸습니다.

누워서 공부를 하다보면 때론 졸리기도 했지만 희망이는 이리 저리 방향을 바꿔가며 공부를 열심히 했습니다. 누워서 공부를 해서 눈까지 나빠졌지만 공부를 포기할 수는 없었습니다. 희망이는 커서 훌륭한 의사가 되고 싶었습니다. 그래서 자신처럼 아픈 사람들을 치료해주고 싶었습니다. 그러면 엄마도 저렇게 괴로워하지 않을 거고 아빠도 돌아올지도 모른다고 생각합니다.

집에서 혼자 공부를 하다보니 문제집과 전과가 있으면 좋겠다고 생각을 했습니다. 그러나 정부에서 주는 보조금으로 전과와 문제집을 사는 일은 어림도 없는 일이었습니다. 그러나 희망이는 공부를 포기할 수 없었습니다.

기도를 하고 해결책을 궁리하다보니 생각이 떠올랐습니다.

선생님이 어떻게 반응하실지 걱정스러웠지만 선생님께 말씀을 드리기로 했습니다.

희망이는 정말 몰랐습니다. 자신의 이 작은 시도가 삶에 어떤 변화를 가져다줄지 말입니다.

선생님은 책꽂이에 꽂혀 있는 문제집들을 꺼내 희망이의 가방에 담아 주셨습니다.

그 이후 담임선생님이 추천을 하셔서 나라에서 컴퓨터를 설치해 주셨고 희망이는 영어마을 체험도 갔고, 학교에서 컴퓨터 무료수업을 들었고, 연말에 불우이웃돕기 성금 모금과 장학금도 받을 수 있었습니다.

더 놀라운 일이 생겼습니다.

공부를 열심히 하려고 노력하는 희망이의 모습을 보고 삶을 포기하다시피 하셨던 엄마가 변화하기 시작한 것입니다.

희망이의 포기하지 않는 모습이 엄마를 깨닫게 한 것입니다. 하루에 30잔이 넘도록 마시던 커피도 줄이고 담배도 줄이기 시작하셨습니다. 그리고 희망이와 희망이 동생을 위해서 일하기 시작하셨습니다.

희망이는 요새 너무 기쁩니다. 아직 허리는 아프지만 자꾸만 웃음이 납니다. 희망이는 엄마가 행복해서 자신도 행복하다고 느낍니다.

그리고 도움을 준 사람들에게 은혜를 갚는 방법은 훌륭하게 성공하여 다시 어려운 사람들을 돕는 것이라는 사실을 알고 있습니다.

하희은 (초등학교 교사)

상처입은 조개만이 진주를 키울 수 있다.

- 동화 '너도 하늘말나리아' 中에서

．
．
．

4장

배려는 행복을 낳고

1. 아저씨 대신 천사되다

편의점에서 아르바이트를 했다.

사람들이 많이 다니는 편의점은 너무 바빠서 탈이라지만 내가 일하는 편의점은 아담할 뿐만 아니라, 사람들도 많이 지나다니지 않는 구석진 곳이었다.

하루 종일 라디오를 들었고, 바닥도 닦을만큼 닦아서 더 이상 닦을 것도 없다.

그렇게 멍 하니 있었는데 한 아주머니가 바닥에 닿을 만큼 긴 코트에 너저분한 신발을 신고 들어오셨다. 그 땐 5월이라 꽤 날씨가 더운 때였다.

'뭐지? 거지인가?' 생각하며 나한테 돈을 달라고 할까봐 괜히 일하는 척 했다. 그 아주머니는 한참을 이것저것 살피고 가장 싼 컵라면 하나를 들고 계산대로 오셨다.

"800원입니다."

아주머니가 긴 코트를 허리춤까지 올리시더니 바지에서 꼬깃꼬깃 구겨진 천 원 짜리 한 장을 꺼내셨다. 아주머니가 몸을

들척거리실 때마다 야릇한 냄새가 올라왔다.

코를 막거나 얼굴을 돌리고 싶었지만 차마 민망해 하실까봐 그럴 순 없었다.

"거스름돈 200원이고요. 뜨거운 물은 저 쪽에 있어요."

빨리 드시고 나갔으면 좋겠다는 생각뿐이었다. 그 좁은 공간에 거지 아주머니와 내가 갇혀있는 듯한 답답한 공기가 싫어 문을 활짝 열었다. 아주머니를 흘끔 쳐다보니 정신없이 라면을 드시고 계셨다.

다음 날 일요일. 이번 달엔 정말 그만 두어야겠다고 생각하고 있을 때 어제 그 아주머니가 또 오셨다.

'설마 여기를 단골집으로 삼으려는 건가?'

안 그래도 의미 없이 시간을 보내는 것 같아서 그만두려고 하는 참인데.... 아주머니는 어제와 똑같은 바지주머니에서 천 원짜리 한 장을 꺼내셨고 또 말없이 라면을 드시고 계셨다.

그때 한 젊은 아저씨가 들어오셨다.

"어서 오세요."

재미없는 편의점 일이지만 손님들에게 '어서 오세요.' 라고 인사하는 일은 꽤 재미있는 일이었다.

아저씨는 큰 오렌지 주스와 작은 오렌지 주스를 들고 계산대로 오셨다.

"아가씨, 부탁 하나만 할까요?"

나는 깜짝 놀랐다. 하루 종일 '어서 오세요.', '안녕히 가세요.'를 반복하다가 갑자기 질문을 받으니 당황스러웠다.

아저씨는 만 원짜리와 작은 오렌지 주스를 나에게 건네시며 말씀하셨다.

"이걸로 저기 라면 드시는 분 김밥이라도 사 주시겠어요?"

나는 알겠다고 돈과 오렌지주스를 받아들었지만 막상 아저씨가 가시고 나니 막막했다. 괜히 받았다는 생각과 어떻게 이걸 전해드려야 할지의 막막했다.

일단 그 돈으로 김밥 한 줄을 샀다. 김밥과 오렌지 주스를 들고 한참을 고민한 것 같다. 이러다가 아주머니가 나갈 것 같아서 결국 용기를 냈다.

"저기, 죄송한데 이게 사실 이벤트 상품이어서요. 이 컵라면 사시면 드리는 건데 제가 깜빡했네요."

아, 난 내 임무를 다 한 건가? 하는 찰나에 생각해보니 돈이 남았다.

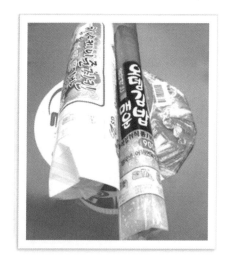

나는 '이 돈 어떤 손님이 드리래요.' 라고 말할 용기가 나지 않았다. 왜 그런지는 모르겠다.

쉬울 것만 같아도 사실 그렇게 쉬운 일은 아니다.

난 결국 그 달에 아르바이트를 그만두지 못했다. 난 아주머니가 오시는 날마다 무엇을 사시든 이벤트 상품이라며 다른 것들을 껴 드렸고 그것이 얼마나 행복한 일인지 느꼈다.

그런데 참 이상하다. 내 돈이 아닌 아저씨가 주신 돈으로 단지 아저씨의 부탁으로 아주머니께 김밥을 전해 드린 것뿐인데, 즉 선행을 대신한 것 뿐인데 마음이 뿌듯하다니.

그 젊은 아저씨께서 주신 만원이 아니었다면 난 평생동안 이런 뜻 깊은 경험을 할 수 없었을 것이다. 아저씨 고맙습니다. 저에게 선행의 기쁨을 느끼게 해주셔서.... 다시 한번 만나고 싶어요.

그 후 편의점에 이상하게도 사람들이 많이 찾아와 붐볐다. 왜 갑자기 붐비는지 알 수 없었다.

나중에 알고 보니 그 아주머니가 이 사실을 인터넷에 올렸고 소문을 듣고 사람들이 찾아온 것이다. 이 사실을 사장님이 알고 보너스를 두둑히 주셨다. 단지 시켜서 한 일인데 나에게 과분한 보상이 주어졌다.

작은 배려가 나의 생각을 바꿔놓을 수 있다는 것에 나도 놀랐다. 여러분도 작은 배려를 실천해 보라고 권하고 싶다. 작은 실천이 나의 생각을 바꾸고 세상을 바꾸게 될 것이다.

유수진 (대학생)

당신의 마음 속에는 당신이 잘 알지 못하는 예술가가 살고있다.

- 루미 (중세 이란의 시인)

2. 말 못하는 순수

평소 같으면 한껏 게으름을 피울 법한 주말에 자격증 시험을 치르기 위해 집을 나섰다. 발걸음을 재촉했는데, 지하철 입구에서 실랑이를 벌이고 있는 한 엄마와 아들을 보게 되었다.

전철을 탄 그 아이는 자리에 앉아서도 단 몇 초를 가만히 있지 못 하고 산만한 모습을 보였다. 마치 원숭이 흉내를 내는 것처럼 손잡이를 잡고 매달려 엄마를 향해 알 수 없는 소리를 냈고, 피곤한 기색이 역력한 아이의 엄마는 그저 조용히 그런 아들을 바라만 보았다.

몇 정거장을 지났을까 배가 많이 부른 임산부 한 분이 차에 오르는 걸 보고 나는 무심코 자리를 양보하게 되었다.

시험자료에 눈을 가져갔던 것도 잠시, 깜짝 놀랄 만한 외마디 비명이 들려왔다.

"아!"

자폐를 앓는 듯 보였던 그 아이가 임산부의 배를 장난스레 때렸던 모양이었다. 순식간에 일어난 일이었고, 깜짝 놀란 임산부는 들고있던 양산을 바닥으로 떨어뜨린 채 황급히 일어나 다른 칸으로 가버렸다.

짧은 정적이 흐르고 주변 사람들의 시선도 걷혀질 즈음, 문득 이상한 생각이 들었다.

'근데… 저 아주머니는 왜 사과도 안 하지? 아들이 잘못한 행

동인데, 아무런 말도 안 하잖아?'

　순간 의아했던 나는 아주머니와 눈이 마주쳤고, 내게 뭔가 말을 건네려는 것 같은 아주머니의 얼굴을 보곤 조금 당혹스러웠다. 주섬주섬 수첩과 펜을 꺼내신 아주머니는 뭔가를 적어 나에게 보여주셨다.

　'이 양산을 좀 대신 전해주겠어요? 미안해요. 만나면 죄송하다고 좀 전해주세요'

　그리곤 손을 입에 대셨다가 흔드셨는데… 그건 자기는 말을 할 수 없다는 표시였다.

　나는 힘주어 고개를 끄덕였고, 아주머니의 손을 꼬옥 잡아드렸다. 재빨리 양산을 받아 들고 사과를 전해야 할 임무를 지닌 채 다음 칸으로, 다음 칸으로 이동을 했지만 끝내 임산부 아주

머니는 만날 수 없었다. 다시 돌아가 아주머니께 사과를 전하지 못 했다고 하기도 어려웠고, 상처를 받았을 임산부 아주머니가 괜찮다고 거짓말을 할 수도 없었다.

그렇게 마음의 갈피를 잡지 못한 채 망연자실 차창 밖을 보니 내 혼을 쏙 빼놓았던 모자와 임신한 아주머니가 보였다.

연신 고개를 숙이며 아주머니가 임산부에게 사과하고 있었다.

그때 나는 깊은 감명을 받았다. 지하철에서 순간적으로 일어난 일이고 당사자가 갔으니 그걸로 마무리 지어도 되는데 끝까지 찾아가서 사과하는 농아 아주머니의 순수한 마음이 심금을 울렸다.

그날 기분좋은 모습을 보고 시험을 치렀더니, 합격할 것 같은 예감이 들었다.

서리 (수험 준비생)

너그럽고 상냥한 태도, 그리고 사랑을 지닌 마음, 이것은 사람의 외모를 아름답게 하는 말할 수 없이 큰 힘인 것이다

- 파스칼 (프랑스의 과학자, 철학자)

3. 핸드폰 추격 이야기

핸드폰을 많이 잃어버렸지만 정말 운이 좋게도 항상 나의 곁으로 늘 돌아왔다. 그러나 지금 시작하는 이야기는 정말 힘들게 찾은 핸드폰 추격 이야기이다.

버스에 사람이 많아 손잡이를 잡고서 꾸벅꾸벅 졸다 앞 자리가 비어 털썩 주저앉아 헤드뱅잉을 해가며 열심히 졸았다.

그 상태로 회사에 들어섰는데 이상하게 뭔가 허전했다. 가방을 열어보고 옷을 뒤져 보았지만 있어야 할 핸드폰 녀석이 그 어디에도 없었다.

일이 손에 잡히지 않았다. 온통 머리 속에는 핸드폰을 찾아야 한다는 생각 뿐이었다. 낡고 오래됐지만 소중한 사람과의 추억들이 가득 담긴 녀석인지라 더욱 마음이 쓰였다.

내 번호로 전화를 걸었는데 통화음만 들리고 아무도 받지 않았다. 마음은 더 바싹 타기만 했다. 3일 동안 전화를 안 받았다. 혹시 안돌려 줄려고 작정한 거 아냐? 나는 별 생각을 다했다.

4일째 되는 날, 누군가가 전화를 받았다.

너무 흥분한 나머지 핸드폰 주인이라고, 제발 핸드폰 돌려달라고, 사례는 하겠다고 쉬지 않고 얘기들을 쏟아냈다. 전화 받은 사람은 영어로 이야기하고 나는 한국어로 이야기를 했다. 하필이면 외국인이 내 폰을 주웠을게 뭐람! 안 그래도 한국어 밖에 모르고 살았는데 ...

나는 울기 직전이었고 그 쪽에서는 이야기하기 바빴다.

내일 9시에 마치니, 전화해 달라고 했다. 띄엄띄엄 내가 알아들을 수 있는 만큼의 한국어로.

이제 살았다 싶어 다음날, 회사를 마치자 마자 혼이 나간 상태로 전화를 걸었다. 무조건 기다리라는 말을 외쳤다. 아빠에게 부탁하여 차를 타고 그를 만나러 갔다. 차 안에서도 그저 "wait!!" 라는 말만 내 뱉고 있었다.

약속 장소로 와서 두리번거리고 있는데 멀리서 시꺼먼 얼굴의 키 큰 남자가 나타나더니 그토록 찾던 핸드폰을 내민다.

동남아에서 온 사람 같았다. 왠지 무서워졌다. 뒤돌아 아빠가 있는지 재차 확인했다. 그리고는 주머니에 준비해 놓고 있던 얼마 되지 않는 돈을 꺼내 그에게 건넸다.

그는 한사코 받지 않겠다고 했다. 그리고는 자신은 "올리브" 라고 하며 내 이름이 뭐냐고 물었다. 내 이름을 말하자 그는 손짓 발짓까지 해가며 이야기를 했다.

그 날 버스에 타고 있었고 누군가가 나의 핸드폰을 발견하고는 창밖으로 던졌다고 했다.

올리브는 몇 정거장 가지 않아 내려 핸드폰을 찾으려고 뛰어가다가 오토바이와 부딪혀 사고가 났다고 했다. 다행히 핸드폰은 찾았으나 병원에 3일 동안 입원했다고 한다. 아, 그래서 3일 동안 전화를 안 받았구나.

나는 그 말에 그만 순수한 이방인의 정을 느꼈다. 예전에는 우리도 저렇게 인정이 있었지만 물질적으로는 잘살지는 몰라도 정신적으로는 각박해져가는 요즘 한국의 세태를 다시 한번 생

각하게 만들었다.

나는 연신 고맙다는 말만 하며 차를 탔다.

핸드폰을 자세히 들여다 보니 이리저리 많이도 치인 흔적들이 보인다. 거기다 며칠 전 이모가 선물로 준 예쁜 크리스탈 폰줄도 다 떨어져 있었다. 핸드폰을 켜는데 온통 영어로 도배되어 있다.

그는 어떻게 해서든 주인을 찾아주기 위해 모르는 한국어 대신 영어로 바꾼 듯 했다. 그때서야 마음이 놓이고 코 끝이 찡해졌다.

지금의 핸드폰은 산지 1년 정도 지났다.

그때 사건으로 인해 더 이상 핸드폰이 제 구실을 못해서 바꿨는데 아직도 예전 그 핸드폰은 버리지 못하고 있다.

서랍 안에 소중하게 보관 중이다. 그때 그 고마웠던 마음만은 잊지 않으려고 말이다.

구은정

선행이란 다른 사람들에게 무언가를 베푸는 것이 아니라, 자신의 〈의무를 다하는 것〉이다.

- 칸트 (독일의 철학자)

4. 역주행 달리기 경주

교내 체육대회에서 가장 큰 골치거리는 끝나고 나서 넘치는 쓰레기였다. 아무리 방송을 해도 지켜지지 않았다. 그런데 그 해에는 자발적으로 쓰레기없이 깨끗한 모습이 보였는데 그것은 감동적인 계주 경기 때문이었다.

사도와 근용은 학교에서 100m 달리기 최고기록을 보유한 준족이었다. 2학년인 지금, 반이 갈라지면서 사도는 3반에, 근용이는 8반에 속하게 되었다. 새 학년 들어 둘의 사이에 잡음이 끊이지 않았다.

3반과 8반은 계주를 앞두고 종합 성적이 동점이었다.

"준비, 땅!"

일발의 총성과 함께 주자들이 뛰었다. 근용의 8반이 조금 앞서가고 있었고 사도의 3반이 근소하게 처져 있었다.

그러나 결승점이 가까운 순간, 근용의 발목이 꺾여 그대로 쓰러지고 말았다. 모두들 깜짝 놀랐다. 크게 다친 것 같았다. 근용이는 쓰러져 발목을 잡고 일어서지 못했다. 그 뒤를 다른 반 선수들이 모두 앞질러 갔다.

그때 놀라운 일이 벌어졌다. 마지막 코너를 돌던 사도는 근용이 쓰러져있는 것을 눈치 채고 레이스를 멈춰버린 것이다.

사도는 뛰어 왔던 반대편으로 달렸고 곧장 근용이에게 달려가 몸에 묻은 먼지를 털어주고 몸 상태를 살폈다.

"괜찮아? 왜 무리했어?"

"시끄러…왜 왔어. 그냥 뛰어!"

말은 거칠어도 둘은 웃고 있었다.

그 다음 상황은 더욱 놀라운 것이었다.

앞서 달리던 주자들이 모두 골인하지 않고 서서 사도와 근용이를 기다려주고 있었다. 근용이 쉽게 일어나지 못하자 모두들 근용과 사도 곁으로 다가와 근용이를 어깨에 부축하고 골인지점까지 가서 1등으로 들여보냈다.

이를 지켜보던 많은 관중들이 오랫동안 박수를 치며 환호와 감격에 겨워 움직이질 않았다.

계주 선수들의 아름다운 행동은 엄청난 힘을 발휘했다. 그토록 외쳐도 듣지 않던 쓰레기 문제가 해결된 것이다. 체육대회가 끝나자 깨끗한 운동장이 되었던 것이다. 강압적인 명령이 못한 것을 작은 감동이 큰 힘을 발휘한 것이다.

김형선

우리는 더 이상 영리해 질 필요가 없다. 우리는 충분히 영리하기 때문이다. 그러니 이제 서로 도와주자.

- F.J. 잭슨

5. 작은 배려

내가 중학교 1학년 때, 우리 반에는 '현정'이라는 아이가 있었다. 현정이는 키도 컸고 몸도 뚱뚱했다. 머리카락들이 얽혀있었고 지저분한 인상을 주었다. 반 친구들은 그런 현정이를 따돌렸고, 옷깃하나 스치는 것도 혐오스러워 했다.

당시 학급 반장을 맡고 있던 나는, 그 아이와 짝이 되는 것을 꺼려하는 아이들을 대신해 어쩔 수 없이 옆 자리에 앉았다. 그때 놀랍고도 끔찍한 것을 보았는데, 그것은 그 아이의 '손'이었다. 손등과 손바닥 할 것 없이 빨갛게 부어 올랐고 피딱지가 지지도 않은 채 파란 멍이 들어있었다.
며칠 후, 난 그 이유를 알 수 있었다. 그 아이는 늘 가위를 손에서 놓지 않는데 그것으로 자신의 손을 자해하는 것이었다.

가을 단풍이 들 무렵, 오랜만에 축축한 비가 내리는 날이었다. 나는 담임선생님으로부터 한 통의 전화를 받았다.
"현정이네 아버님께서 돌아가셨어. 내일 부회장이랑 학급 부장들 서너 명 모아서 경희의료원으로 오렴."

현정이의 아버님은 알코올 중독자셨고, 술에 잔뜩 취해 집에 들어오시면 현정이를 때렸다. 주변에 친척이라고는 작은 아버지 한 분이셨는데 그 분도 생활이 넉넉하지 못하다는 것이었다.

다음 날, 아이들을 서너 명 모아 병원에 갔다.

하얀 상복을 입고 씩씩하게 그 자리를 지켜온 듯 보였던 현정이가 순간, 울음을 터트리며 선생님께 안겼다. 현정이는 온 몸을 파르르 떨면서 어깨를 들썩거리며 한참을 울었다.

결국, 현정이는 작은 아버지께 맡겨졌다.

며칠 후, 나는 현정이를 위해 무엇을 할까 생각하다가 조용히 다가가 현정이의 가위를 빌렸다. 그리고는 책상 서랍 속에 단단히 숨겨두었다. 내가 그 아이를 위해 할 수 있었던 일은 고작 그것뿐이었다.

연신 그 아이의 손을 아프게 했던 가위, 그 나쁜 가위를 쓰레기통에 처박고 나서야 내 마음이 편해졌다. 그 후 현정이의 손을 보았는데 상처자국은 아물고 아주 예쁘고 깨끗했다.

5년이 지난 지금, 현정이가 그리워 앨범을 펼쳐보았다. 미처 알지 못했던 한 가지를 발견했다. 그것은 체육대회 때의 사진이었다. 맨 뒤 구석에서 누구보다 환하게 웃고 있는 현정이가 보였다. 현정아, 행복하게 잘 지내고 있니?

김민지

그 사람에게 해가 되는 작은 도구를 치우는 배려 하나만으로도 그 사람은 훌륭한 사람이 될 수 있다

- 김율도 (시인)

6. 비온 뒤의 신록

'뭐라고 핑계를 대지? 단순히 버스가 늦었다는 것은 핑계거리가 되지 않을텐데...'

시간 약속을 최우선으로 여기시는 원장님의 얼굴이 그려지며 나는 핑계거리를 찾아내느라 고심하며 뛰고 있었다.

그 순간, 퍽 소리와 함께 머리가 띵하며 별이 보이는 듯 했다. 그만 조그만 손수레에 부딪히고 만 것이다.

비가 오고 있는 터라 내 옷은 흙탕물이 튀어 물에 빠진 생쥐 꼴이 되었다. 게다가 가방을 떨어뜨리며 가방 속에 있던 책들이 하필 빗물이 고여 있는 웅덩이에 떨어져서 책 두께가 두 배가 되려 하고 있었다.

수레를 끌던 아저씨가 힘겨운 동작으로 내 앞에까지 다가와 나에게 미안하다며 사과를 했다.

나는 바닥에 떨어진 물건들을 가방 속에 주워 담으며 쳐다도 보지 않은 채 냉랭한 목소리로 말했다.

"괜찮아요. 신경 쓰지 마세요."

학원에 무사히 도착했고 급히 화장실로 가서 투덜대며 물로 옷의 진흙물을 빼기 시작했다.

내가 하는 일은 보습학원에서 사랑스런 아이들을 가르치는 일이다. 아이들을 가르치다보면 아픈 것도 짜증났던 일도 모두

금세 사라지고 만다. 한마디로 나는 천국에서 천사들과 함께 일
을 하는 것이다.

그러나 지금부터 소개하는 사건이 있은 후에 나는 다른 생각
을 하게 되었다. 천국에 있다는 것에 늘 즐거움으로 살아왔으나
난 천국에 세 들어 사는 가난뱅이였음을 깨닫게 된 것이다.

뒤에서 누군가 반가운 목소리로 인사를 하며 들어왔다. 다리
길이가 맞지 않아 보이는 듯한 그는 한 걸음 한 걸음 조심스럽
게 걸음을 내딛었고 있었다.

그 분은 며칠 전 원장님께 폐품을 수거해도 좋다는 허락을 받
았다며 상자에 수북하게 쌓인 종이를 정리하며 어린 아이처럼
굉장히 기뻐하였다.

나 혼자도 들기 힘든 저 많은 종이들을 몸도 성치 않은 사람
이... 그것도 엘리베이터가 없는 3층에서 걸어 내려간다니 걱정
이 되었다.

솔직히 말하자면 그에 대한 걱정보다 과연 저 많은 것을 가지고 내려갈 수 있을 지에 대한 의구심 뿐이었다.

"양이 꽤 많네요. 걱정하지 마세요. 힘으로 한다면 저 혼자 못하죠. 그런데 이게 다 요령이 있어요."

이렇게 말하며 그는 해맑은 미소를 띠었다.

그런데 세상은 참 좁다. 그는 다름 아닌 아까 길에서 나와 부딪힌 사람이었다. 종이를 하나하나 꼼꼼하게 정리하는 그의 손에 시선이 갔을 때 나는 또 한 번 당황하지 않을 수 없었다.

그의 한 쪽 손에는 손가락이 아예 없는 상태였고 다른 한 쪽 손은 세 개 정도의 손가락만 있을 뿐이었다. 조금 전 길에서 부딪치며 가방에서 쏟아진 물건들을 주워 담으며 미안하면 좀 도와주기나 할 것이지, 라고 생각하며 투덜대던 내 자신이 부끄러워 더 이상 그 자리에 서 있을 수가 없었다. 얼른 교무실로 들어가 괜히 바쁜 척 이것저것 만지작거리며 움직였다. 그런데 일이 손에 잡히지 않고 자꾸만 복도 끝으로 시선이 돌아갔다.

한참을 망설이다 계단을 내려가는 그를 도와주기로 결심하고 손을 뻗는 순간 그가 건넨 한마디에 나는 그 자리에 못 박힌 듯 한참을 멍하니 서 있었다.

"아이들 가르치셔야지요. 아무나 하지 못하는 훌륭한 일 하시는데 저한테 시간 쏟지 마세요."

보통 사람이라면 10번은 올라갔다 내려왔을 시간동안 계단 몇 개를 내려가는 그의 뒷모습이 사라질 때까지 한참동안이나 바라보았다. 도대체 이 사람의 정체는 무엇일까. 어쩌면 나를 이토록 작아지게 만드는지…

하루 종일 불편한 마음으로 일을 하다가 퇴근 길 버스 안에서 조용히 생각에 잠겼다.

순간, 차창 밖으로 학원의 폐지를 수집하던 그의 모습이 보였다. 그런데 그는 뭔가를 열심히 하고 있었다.

다름 아니라 땅의 움푹 꺼진 곳을 시멘트로 메꾸고 있었다. 그 곳은 아침에 내가 빗물에 맞은 그 웅덩이였다.

버스가 순간적으로 지나가서 멀어져 가는 그 분을 보려고 뒤쪽으로 이동하였다. 그리고 다음 정거장에서 나도 모르게 내렸다.

그리고 웅덩이 있는 곳으로 뛰어갔지만 그 분은 어느새 사라지고 없었다.

내가 만난 그 분은 나에게 천국에서 일할 수 있는 천사가 될 수 있는 힘을 주셨다.

비온 뒤의 신록처럼 내게 빛을 선사해주신 고마운 그 분께 깊은 감사와 함께 희망의 메시지를 드린다.

"힘내세요. 당신은 훌륭합니다. 파이팅!"

편미혜 (학원강사)

내 비장의 무기는 아직 이 손 안에 있다. 그것은 바로 "희망"이다.

- 나폴레옹

7. 소금 이야기

　우리 집에서 싸움소리가 끊이지 않은 것은 아버지의 사업 실패 때문이었다.

　밤늦게 집에 들어오면, 불이 꺼진 방에 엄마는 누워 계셨고, 동생은 나보다 조금 더 늦게 집에 들어왔다.

　"차라리 아무도 모르게 죽어"

　생활고를 참지 못한 엄마가 아버지에게 내뱉는 소리 중에 한마디였다.

　"어디서 돈이라도 빌려와 봐"

　"그 돈을 또 누가 갚으라고"

　싸움의 끝은 언제나 엄마의 승리였다. 엄마는 방문을 거세게 닫고 문을 잠가버렸다. 그 때서야 집은 다시 조용해졌고, 아버지는 거실 바닥에 누워 텔레비전을 켰다.

　특히 등록금 고지서가 나오는 3월, 집은 거의 전쟁터였다. 냉장고는 빈 생수 병이 전부였고, 화초들은 말라갔다.

　그 날도 여전히 전쟁이 한 바탕 일어났다. 거실에선 아버지가 굳게 잠긴 방문을 등지고 소주를 드시고 계셨다. 나는 아버지 곁에 앉았다.

　"미란엄마, 내 짐 좀 챙겨줘"

　아버지는 긴 한숨을 쉬었다. 계약직으로 어선을 타러 가신다고 했다. 전부터 사업이 잘 안되면 바다로 간다던 아버지였다. 아버지는 육지가 그리울 것 같다며 말끝을 흐렸다.

아버지는 짐을 챙겨 문을 열고 밖으로 나가셨다.

엄마는 슈퍼에 들러 소금 두 봉지와 사탕 한 봉지를 사서 차 보조석 문을 열고 소금과 사탕을 넣었다. 그때만큼은 아버지도, 엄마도 서로를 이기려고 하지 않았다.

"이건 집에서 써, 나는 한 봉지면 돼. 그리고……."

아버지는 소금 한 봉지와 사탕을 다시 주었다. 아버지는 지갑을 뒤적거렸다. 그리고 만 원짜리 한 장과 천 원짜리 세 장을 꺼냈다. 엄마는 아버지가 건넨 돈을 받지 않았다. 아버지가 내게 눈짓했다. 내가 돈을 받은 후에야 차는 출발했다.

"아무리 사방이 소금물이어도 그렇지 소금을 어디서 구한다고 안 가져간다니."

엄마는 멀어져 가는 아버지를 보며 말했다.

바닷물로 소금을 만들지만, 소금으로 쓸 순 없다. 엄마는 한 달에 한 번, 통장으로 들어오는 아버지의 월급을 받으면서 소금 걱정을 한다. 일주일에 한번 아버지에게 전화가 걸려 오는 날이면, 엄마는 늦게까지 잠자리에 들지 못한다. 그리움에 가득 찬 엄마의 얼굴이 사춘기 소녀의 얼굴 같다.

"바닷물이 있는데 뭐가 걱정이야, 갈 때 바닷물 왕창 퍼갈께."

전화기 너머로 들리는 아버지의 목소리가 오늘 따라 듣고 싶다. 내년 3월, 아버지가 퍼온 바닷물이 소금보다 더 짤 것 같다.

최미경

마음은 동전이다. 미워하는 마음 뒷면에 사랑이 있다.

- 김율도(시인)

8. 따뜻한 차별

초등학교 선생님인 친구가 있다. 그 친구의 첫 부임지는 경상남도 진주라는 곳이었다. 전 학년을 합쳐 200명도 되지 않은 작은 학교였다.

신입 교사였던 그는 의욕이 넘쳤다. 아이들을 사랑과 정성으로 교육하자고 다짐했다.

친구가 맡은 학생 중 인호의 어머니는 베트남인이었다.

인호가 신경 쓰였다. 혹시나 친구들에게 따돌림을 당하거나 놀림 당하지 않도록 배려를 했고 혹시 수업시간에 실수 하는 게 있으면 세세히 가르쳐 주었다.

어느 11월. 아기예수의 연극을 하기로 했고 배역을 정하는 과정에서 인호가 동방박사 역할로 선정되었다.

그가 우려하던 일이 일어났다.

"인호는 피부가 검으니까 동방박사에 어울릴 것 같아요!"

아이들은 그렇게 말하고 웃었고 그는 정색을 하고 아이들을 혼냈다. 처음 있는 일이었다.

"인호의 외모가 조금 검다고 그렇게 차별하면 되겠니?"

그는 한참동안 평등과 포용에 관해 열변을 토했고 아이들은 훌쩍훌쩍 눈물을 흘렸다. 인호도 울고 말았다.

아이들이 반성을 했다고 생각하니 뿌듯했다.

인호의 어머니의 방문을 받은 것은 그로부터 이틀 후였다.

인호의 어머니는 얼굴엔 웃음을 띄고 있었지만 한편으론 그늘이 드리워져 있어 의아했다.

"며칠 전 인호가 울면서 집에 왔어요."

그는 당황했지만 별 것 아닌 아이들의 문제고 잘 타일렀다고 말씀드렸다. 하지만 인호 어머니는 고개를 절레절레 흔들며 말씀하셨다.

"그래선 안됐습니다. 선생님!"

인호 어머니의 말씀은 의외였다.

그날 인호가 말했다고 한다. 친구들은 자신에게 너무 잘 해준다고, 자신 때문에 친구들이 야단맞아 속상하다고...

"아이들은 있는 그대로 받아들일 뿐입니다. 그것을 어른들의 시각으로 판단하려 해선 안 됩니다. 실제론 배려하고 있다고 해도 사실은 그런 생각 자체가 차별이 아닌가요?"

인호 어머니를 돌려보내고 그는 아이들에게 사과를 했다. 그리고 눈물이 흘렀다. 그런 그를 아이들은 우르르 몰려 와 안고 위로해 주었다.

우리와 다르다고 배려가 필요한 사람이 아니다. 특별히 취급하는 것이 아니라 우리와 똑같이 대해야 한다.

김형선

평등은 전쟁을 일으키지 않는다

- 솔론 ('플루타크스 영웅전'에서)

9. 텃밭치료

작은아이가 중학교에 입학해서 한 달 정도 학교에 다녔을 무렵 자기는 학교가 지옥 같다며 학교에 가지 않겠다고 했다. 야단도 치고 설득도 해보다 결국 3일 동안의 금식기도를 통해 홈스쿨을 결정하게 되었다.

친했던 친구들과는 다른 학교에 배정받아 친구가 없고 추억이 담긴 집을 헐고 상가를 짓게 되어 농장관리사에서 살게 되었다. 자기만의 공간이 송두리째 없어진 것이다. 미리 이야기하고 동의를 구한 일이지만 민감한 아이에게는 큰 충격이었나 보다.

시골이라 마땅한 학원도 없고, 있다 해도 아이가 학원에 가서 입시위주로 공부하는 것을 거부해서 24시간 함께 있게 되었다. 모든 스케줄을 아이중심으로 잡았다. 책이 필요하다면 책을 사주고 제빵을 배우고 싶다고 해서 그렇게 했다.

마음을 비우고 아이의 다친 마음을 보듬어 안아야겠다고 결심했지만 학교에 가야 할 아이가 집에서 빈둥거리며 컴퓨터를 하거나 영화를 보고, 맛있는 것을 찾으며 집안일을 하는 내 옆에 와서 이것저것 묻고 참견할 때는 머리가 지끈지끈 아파왔다.

그럴 때면 호미를 들고 텃밭으로 갔다. 뽑아도 뽑아도 끝없이 돌아나는 풀을 보며 내 마음의 이기심 또한 그러하겠구나 싶어 아이에 대한 기대와 바람을 내려놓고 지금 건강하게 내 곁에 있음을 감사하려고 노력했다.

땀을 흘리며 풀을 뽑고 밭을 정리하다보면 어느 사이 마음이

상쾌하고 가벼워졌다. 그동안 분주하게 사느라 부리지 못한 여유를 한껏 부리며 유기농으로 상치, 고추, 들깨, 단호박, 콩등 각종 야채와 곡식을 심고 가꾸어 식탁에 올렸다. 그 신선한 맛과 향뿐만 아니라 우리 가족이 먹고 남아 이웃과 나눌 수 있는 풍성함이 작은 감동과 행복을 가져다주었다.

아이는 조금씩 자기만의 색깔을 만들어가기 시작하더니 올해 1월에는 홈스테이를 통한 일본문화를 체험하겠다고 혼자서 일본여행을 계획하고 추진했다.

지난 5년의 시간은 아이가 중고등학교 과정을 마치기에 충분한 시간이었고 여백의 시간을 이용해 아이는 일본어와 드럼을 배웠다. 학교를 그만두겠다고 했을 때 문제아로 지목되어 받았던 상처가 치유되고 집에 온 손님들의 '왜 학교에 안가고 집에 있어' 라는 따가운 시선으로부터 자유로울 수 있게 되었다.

요즈음은 웃음치료를 비롯한 미술치료, 독서치료, 음악치료 원예치료, 승마치료등 다양한 치료프로그램이 있다. 나는 거기에 텃밭치료를 하나 더하고 싶다. 텃밭을 가꾸며 유기농 채소를 얻을 뿐만 아니라 잡초를 뽑아내듯 내 마음의 이기심과 욕심, 교만과 아집을 뽑아내고 정돈하는 일거양득의 효과가 있음을 몸으로 경험했기 때문이다. 머리가 복잡하거나 일이 잘 풀리지 않을 때면 호미를 들고 텃밭으로 간다. 그곳에서 생각을 정리하고 마음을 정돈하며 손으로는 밭을 정리한다.

조경희(주부)

삶을 하나의 무늬로 바라보라. 행복과 고통은 다른 세세한 사건들과 섞여 정교한 무늬를 이루고, 시련도 그 무늬를 더해주는 재료가 된다.

- 영화 〈아메리칸 퀼트〉 중에서

10. 닫히지 않는 문

얼마 전, 깜짝 놀랄 만한 소식을 듣게 되었다. 시골에 계신 외할머니가 사기를 당하셨다는 것! 이게 무슨 일인가 싶어서 엄마에게 물어 자세히 알 수 있었다.

어느 날 할머니 집의 열린 문으로 어떤 낯선 남자가 뛰어 들어왔다. 몹시 다급해 보이는 표정과 몸짓으로, 나의 엄마가, 즉 당신(할머니)의 딸이 지금 크게 사고를 당해서 병원에 입원해 있으니 입원비를 좀 달라고 했다. 할머니는 깜짝 놀라서 집에 있던 현금을 털털 털어서 남자에게 주었고, 남자는 고맙다고 하고 사라졌다.

그러나 나의 엄마는 사고를 당하기는 커녕 아주 잘 지내고 있었다. 엄마와 전화 통화를 한 할머니는 남자를 탓하기 전에 안도부터 하셨다.

엄마는 무척 화를 냈다. 왠지 나도 화가 났다. 노인을 대상으로 자식에 대한 사랑을, 사기를 위한 발판으로 삼다니. 할머니가 그 일로 마음에 상처를 입지 않으셨는지, 걱정도 되었다.

마침 추석도 가까워져 있었고, 그 사건 후 얼마 지나지 않아 우리는 할머니 집으로 향했다.

버스에서 내리자마자 가슴이 뛰었다. 반년 만이었다. 나의 제2의 고향이기도 하다.

그런 감정들을 추스리고 있을 즈음, 할머니 집에 도착했다.

왠일일까. 할머니는 없고 문은 활짝 열려 있었다.

닫을 수 없는 것도 아닌데, 언제나 열려있다. 왜일까? 더군다나 얼마 전에 그런 사기 사건까지 있었는데……

어렸을 때부터 그 문이 닫힌 모습을 본 적이 한 번도 없었다.

이윽고 할머니가 돌아 오셨다. 할머니의 손에는 이웃에 나누고 난 후의 약초가 들려 있었다. 우리를 보자 환하게 웃으셨다.

"이 가시나야, 무사해서 다행인기라. 니한테 무신일 있을까봐 진짜 걱정했다 안 카나."

할머니의 눈에 눈물이 맺혀있었다. 아, 그렇구나……. 그 때 나는 깨달았다. 열린 문의 의미를…….

여러 가지 의미를 담고 있었던 것 같다. 돌아가신 할아버지의 흔적, 할머니의 자식에 대한 사랑, 이웃을 향한 인정…….

그 문이 곧 할머니의 마음이었다.

처음부터 할머니는 사기나 돈 같은 건 중요하지 않았던 것이다. 오로지 자식을 위한 걱정만이 앞서고 있었다.

"그 사람도 돈이 많이 급했을기라. 그랬으니 남한사람(=노인)한테까지 왔겠지."

다시 집으로 돌아와 1달 후, 기쁜 소식을 듣게 되었다.

할머니가 밖에 나갔다 온 사이에 웬 선물이 마루에 놓여있더라는 것이다. 편지와 함께.

(전에 사기로 돈을 가져간 사람입니다. 아이의 급한 치료비 때문에 어쩔 수 없이 사기를 쳤는데 다시 할머니 집에 와서 보니 문이 열려있어 양심의 가책을 느끼고 이렇게 작은 선물을 놓고 갑니다.)

선물은 바다에서 캔 해산물이었다.

할머니의 변함없는 마음이 사기꾼의 마음도 바꿔놓을 정도로 큰 힘을 발휘했던 것이다.

나는 깨달았다. 항상 문을 열어놓으면 범죄자도 올바른 길로 인도 할 수 있구나. 마음의 문을 활짝 열면 적도 나의 친구가 될 수 있구나.

이은미 (고교생)

태산은 흙을 사양하지 않고 큰 강과 바다는 물줄기를 가리지 않는다.

- 〈전국진책〉

·

·

·

5장

가족이라는 이름의 고향

1. 아버지와 피아노

1989년 어린이날, 내가 초등학교 2학년때 세상에서 가장 소중한 선물을 받았다. 그 선물은 피아노였다.

나는 피아노를 사달라고 졸랐고 아버지는 돈이 없다고 하셨다. 나는 그래도 계속 졸랐고 아버지는 결국 돈을 빌리러 돌아다니셨다. 힘들게 마련한 현금 100만원을 지불하셨고 나머지 50만원은 카드로 결제하셨다.

마흔도 안 되셨던 아버지의 백발머리와 고동색 피아노가 교차된다. 피아노 소리가 울려퍼지면 아버지도 웃으셨고 낡은 한옥집도 웃었고 어머니도 콧노래를 부르셨다.

한동안 행복했는데 내가 초등학교 졸업식을 앞두고 아버지는 암에 걸리셨다. 13개월을 암과 투병하셨는데 어느 날, 아버지는 누워서 말씀하셨다.

"수진아 피아노 한 번 쳐봐라"

나는 '소녀의 기도', '엘리자를 위하여' 를 연주했다.

그때 아버지의 얼굴을 보았는데 눈에서 눈물이 주르르 흘러내렸다.

"우리 수진이가 피아노 너무 잘 쳐서 감동받았다"

나도 따라 울면서 '소녀의 기도' 를 계속 쳤다.

그 다음날 아버지는 돌아가셨다.

2008년 9월16일 피아노를 30만원에 팔았다.

어쩔 수 없는 사정이 있었다.

엄마가 방이 없어서 거실에서 기거하고 계신다. 거실에 피아노가 있어서 많이 비좁은데 5년 동안 좁게 주무신게 안타깝고 죄스러운 마음에 할 수 없이 팔게 되었다.

안방에선 할머니가 계시고 할머니와 엄마가 사이가 안좋아 함께 주무시질 못한다.

내 방과 동생방도 작아서 피아노를 들여놓을 정도가 되지도 않는다. 쉽지 않은 결정이지만, 엄마가 좁게 주무시는게 안타까워 자식된 입장에서 어쩔 수 없었다.

아버지의 빈자리를 지키며 이날 이때까지 아낌없이 희생하신 어머니도 피아노를 팔던 날 눈물을 흘리셨다.

두 차례 이사를 하며 흠집도 나고 화분의 물이 건반에 떨어져 에메랄드빛으로 건반 주변이 약간 녹슬었지만 아버지의 분신과 같은 보물이었는데 팔고 나서의 후회란 무슨 소용이 있을까.

피아노가 현관문을 지나 내 곁에서 점점 멀어지는 모습을 차마 지켜보지 못한 채 다용도실 세탁기 앞에 쭈그리고 앉아 내내 소리없이 울었다.

30만원에 피아노만 판 것이 아닌 너무도 소중한 추억까지 팔았다는 죄책감이 나를 한동안 힘들게 했다.

피아노를 팔기 전에 사진을 두어 장 찍어두었는데 피아노와 아버지가 그리워지면 사진을 들여다보며 아무 소리도 낼 수 없는 사진 속 피아노를 멍하니 바라본다.

돌이켜보면 피아노를 언제부터인가 등안시 했었다.

가끔씩 손이 녹슬지 않았다는 것만 확인했던 내 모습이 참으로 요즘 따라 많이 원망스러워진다.

사람이 살면서 무조건적인 사랑을 받는다는 거, 내 나이 9살엔 자각할 수 없었지만 서른이 된 지금에야 깨달을 수 있다니 이 또한 기쁨이라고 생각된다.

어려운 형편에 아이가 좋아하는 피아노를 거금을 들여 사주시고 당신은 제대로 드시지 못해 암으로 돌아가신 아버지의 사랑이 앞으로 살아가면서 내게 촉매제가 되어 줄거라 믿어 의심치 않는다.

장수진 (회사원)

방안에서 자기 아이들을 위해 전기 기차를 매만지며 삼십 분 이상을 허비할 수 있는 남자는 어떤 남자이든 사실상 악한 인간이 아니다

- 스트라비스키

2. 가출한 엄마를 찾다

나는 엄마에 대한 기억이 없다. 단지 어린 시절 짧은 기억 속에 잔잔한 미소, 따스한 땀내만 있을 뿐이다.

"엄마, 보고 싶어."

하지만 눈을 뜨고 나면 현실이 잔인하게만 느껴진다.

내가 초등학교 고학년 시절이었다.

그 당시 엄마의 낮술에 취한 모습을 쉽사리 볼 수 있었다. 특히 퀴퀴한 냄새가 나는 몸으로 꼭 나를 앉아주었다. 그때마다 난 "엄마, 냄새나!" 라면서 피하기 일쑤였다.

그러면 엄마의 "미안하다……. 미안해" 라는 한마디.

우리 집은 행복하지 않았다. 부모님의 언쟁은 더욱 갈수록 심해지면서 나는 하루에도 열 번씩 자주 울었다.

엄마는 "우리 울보, 어떡하니 누가 너를 돌볼지 걱정이다." 라고 말했다. 난 그 울보라는 별명이 마음에 안 들었지만 엄마는 나를 그렇게 불렀다. 그리고 엄마는 며칠 뒤 가출하였고, 지금까지 단 한 번도 만나 볼 수가 없었다.

11살이었던 꼬마였던 나는 현재 18살의 소녀가 되었다.

어느날, 아버지의 유품을 정리 하던 중 잊어버린 줄만 알았던 여인의 모습이 담긴 사진 한 장과 처음 보는 주소가 있었다.

강원도 홍천군.

나는 직감적으로 알 수 있었다. 바로 여기다. 가슴이 진정이

안 된다. 다음날, 홍천으로 가는 고속버스를 타고 가는 내내 이런 생각 저런 생각을 했다.

가면 볼 수 있을까? 날 못 알아보면 어떡하지…….

주소를 따라서 도착한 곳은 의외였다. 바로 어느 교회였기 때문이었다. '내가 잘못 찾아왔나' 생각한 순간, 교회 뒤편으로 컨테이너박스들이 줄지어 있었다.

그 때였다. 자전거를 타고 있는 한 소년이 보조바퀴가 없어 비틀거리는 것을 뒤에서 연륜이 느껴지는 여자 분이 잡아주고 있었다. 환한 미소가 아름다웠다. 순간 난 놀란 가슴을 진정해야만 했다. 나의 아련한 기억 속 그녀가 바로 거기에 있었다.

"엄마, 손님 온 것 같아!"

소년이 말했다. 그러자 그 여인이 나를 쳐다보았다.

한순간 눈이 마주쳤다. 분명 저 아이가 엄마라고 말하는 걸 들었다. 아이까지 있구나.

"누구를 찾으러 오셨나요?"

나를 못 알아보나 보다. 나는 얼떨결에 대답을 했다.

"지나가는 길에……."

엄마의 얼굴을 본 것만이라도 만족한다. 난 돌아섰다. 하지만 자꾸 미련이 남는다. 눈물이 나온다. 그리고 차마 못했던 몇 마디를 가슴속에 되풀이 할 뿐이다.

'난 이제 괜찮아. 난 다 컸잖아… 나한테 해주지 못한 일 모두 저 아이한테 해주면 돼. 운동회 때 같이 달려주면 되고, 소풍 때는 맛있는 도시락 싸주면 돼. 가끔씩, 아니……. 일 년에 한 번씩이라도 얼굴만 보여주면 돼. 난 그것 하나면 돼. 그니까….

제발 나 좀 알아봐줘, 부탁이야.'

눈물이 턱 주변까지 흘렀다. 그 순간 그 여인이 불렀다.

"저기, 이봐요! 학생……."

조건반사로 뒤돌아 봤다.

"혹시…..혹시……"

나는 눈물을 얼른 닦고 아무렇지도 않은 듯 서 있었다. 그 여인이 나를 알아보고 와락 껴안지 않을까 생각하고 있었다.

"혹시…. 점심 안 먹었으면 우리 점심먹는데 같이 먹어요. 그런데 왜 그렇게 눈물을 흘려요. 눈에 흙 들어갔나?"

나는 엄마임을 직감하고 여인에게 달려가 껴안고 엉엉 울었다. 그러자 그 여인은 이상하다는 표정으로 나를 피했다. 엄마가 나를 못 알아본다는 것이 섭섭했다.

나중에 알게된 사실로 나는 충격을 받았다.

엄마는 기억상실증이었다.

이 얼마나 안타깝고 어이없는 일인가. 7년 만에 엄마를 찾았는데 엄마는 나를 기억에서 잃어버리다니…… 나는 엄마를 찾았지만 엄마는 아직 나를 찾지 못했다.

나에게는 지금부터 할 일이 하나 있다. 엄마가 나를 찾게 만드는 일이다. 그 일이 쉽지만은 않을 것이지만 평생 걸리더라도 엄마의 기억이 돌아오도록 노력할 것이다.

윤소진

사람이 바꾸려 해도 바꿀 수 없는 것이 한 가지 있다. 그것은 자기의 부모이다.

- 유태인 격언

3. 젖대신 피를 빨고 자란 아이

지난해 저의 어머님은 76세로 세상을 떠나셨습니다.

젊은 시절 농촌의 고된 노동으로, 병을 얻게 되었고, 그 병으로 인해 6년 남짓 고생하시다 돌아 가셨습니다.

어머니께서는 돌아가시는 마지막 순간까지 항상 "미안하다"는 말을 하셨습니다.

제가 어릴 땐, 필요한 학용품 하나 제대로 사주지 못해 미안하다고 하셨고, 나이가 들어서는 벌어 놓은 것이 없어, 자식들 고생시킨다며, "미안하다" 자책하셨습니다. 또 병을 얻어 누워 계실 때는, 짐이 된다며 "미안하다" 하셨습니다.

제가 자식으로서 은혜 입은 바가 더 크고, 갚아야 할 빚이 더 많은데 말입니다.

일본에서 폭발사고로 한 팔을 잃으신 아버지를 만나, 8명 대식구 양식도 되지 않는 농사마저 어머니 없이는 지을 수 없었습니다. 더구나, 6. 25 전쟁시 피신해 있는 땅굴이 폭격으로 내려 앉는 바람에 허리를 다쳐, 평생을 허리 한번 곳곳하게 펴는 게 소원이라시던 그런 어머니였습니다.

꾸부정하고 야윈 몸으로 3남 3녀 육남매의 끼니 걱정으로, 한 여름 뙤약 빛 아래, 남의 무논 바닥에 엎드려 지심(잡초의 경상도 사투리) 뽑는 일을 마다하지 않으셨습니다.

　사실, 저는 어릴적에 '젖'이 아니라 어머니의 '피'를 먹고 자랐습니다.

　당시 어머니께서는 농번기에는 아버지의 부족한 일손을 돕고, 농한기에는 비단을 팔러 타 지방으로 가 있을 때가 많았습니다.

　물론 젖먹이인 저를 떼어 놓고 가셨다고 합니다.

　무거운 비단을 머리에 이고 충청도, 강원도 오지(奧地) 시골 마을을 찾아다니며 비단을 팔았는데, 아기인 나까지 등에 업으면 이동할 수 없었기 때문입니다. 그래서 집에 남겨진 저는 어머니의 젖을 먹을 수 없었습니다.

　더구나 입이 유난히 짧아 우유조차도 잘 먹지 않았다고 합니다. 먹는 것이라곤 흰죽에서 우러난 국물뿐이라, 엉덩이에 살이 없어 제대로 앉을 수 조차 없었습니다. 할머니의 빈 젖을 물려주면 하염없이 빨다 잠이 들곤 했습니다.

어머니께서 장사 갔다 돌아오는 날이면, 저는 하루 종일 어머니의 젖을 빨았다고 합니다. 당시 어머니는 객지의 힘든 장사일로 야위어 젖이 전혀 나오지 않는데도 말입니다.

너무 젖을 빨아대서 어머니의 젖꼭지가 헤져 피가 나와도 어린 저는 그 '피'를 '젖'으로 알고 계속 빨아 먹었습니다.

장사 때문에 오래 떨어져 있던 어머니는 제가 너무나 안스러워 젖이 아니라, 피를 빨고 있는데도 떼지 않으시고 계속 물렸던 것입니다.

자기 살을 먹여 새끼 물고기를 키우는 가시고기처럼, 어머니의 부족한 '젖'을 '피(血)'로서 대신 한 것을 잊을 수 없습니다.

불교에서 중생은 윤회(輪回)한다고 합니다.

다시금 어머니와 인연(因緣)을 맺고 싶습니다.

'한 점 구름'이라도 되어 한 여름 뙤약 빛 아래 지심뽑는 어머님께 시원한 그늘이라도 만들어 드리고 싶습니다.

백한영 (직장인)

"아무리 바람이 조용히 있고 싶어도 불어온 바람이 멎지 않으니 뜻대로 되지 않습니다 (樹欲靜而風不止). 마찬가지로 자식이 효도를 다하려고 해도 그때까지 부모는 기다려 주지 않습니다 (子欲養而親不待). 돌아가시고 나면 다시는 뵙지 못하는 것이 부모입니다. 저는 이제 이대로 서서 말라 죽으려고 합니다."

- 공자의 제자 '고어'의 한(恨)

4. 어머니와 갈치 두토막

급하다. 어서 터미널에 도착해야한다. 10분밖에 안남은 것같다. 사실 오늘 아침, 다른 날보다 일찍 일어나서 짐도 챙기고 아침도 먹었다. 그런데 문제는 엄마가 챙겨주시는 반찬 때문에 일어났다. 갑자기 아침에서야 애호박이 집에 세 개가 있으니 하나만 가져가라신다. 어제 깜빡하고 못 넣었다는 표정이셨다. 나는 손을 살래살래 흔들었다.

평소 같으면 내게 묻기도 전에 가방 안에 넣으셨겠지만 오늘 아침엔 좀 망설이셨다. 어제 저녁 동생과 합세해 엄마가 챙겨주시는 반찬가방에 대해 칭얼거렸기 때문이다.

"엄마! 호박이랑 감자 같은 건 올라가서도 살 수 있단 말야. 괜히 무겁기만 하고 또 안 먹으면 금방 썩어버리는데 도대체 왜 바리바리 싸주냔 말야"

이렇게 말씀드려도 엄마는 막무가내다. 또 유기농 채소로 잘 골라서 사먹겠다고 엄마를 안심시키는 것도 이제 잘 통하지 않는다. 엄마의 주장은 간단하다.

"집에 있으니께 하나 가져가란 말여. 요거 하나 사러 시장 나가면 얼매나 구찮스런지 아냐."

이렇게 저렇게 엄마가 싸주신 보따리가 반찬가방 하나가득이다. 게다가 메고 다니는 가방 안에는 반찬가방에 들어가지 못한 미역 한 봉지와 복숭아 몇 개가 들어있다.

덕분에 마트에 가지 않아도 그날 바로 반찬을 맛있게 먹을 수 있었다.

지난번엔 이런 일이 있었다. 동생이 혼자 고향에서 올라오는 길에 터미널로 짐을 들어주러 나갔었다.

짐을 들고 집에 와 정리하려고 가방을 풀었다. 비닐로 꼼꼼하게 싸여있는 반찬그릇과 채소가 있었다. 옆구리에서 호일에 꼬깃꼬깃 싸여있는 물컹물컹한 게 손에 잡혔다. 얼었던 것이 녹았는지 축축했다. 순간 짜증스러움이 밀려왔다.

동생도 무엇인지 모른다는 거다. 찝찝한 기분에 호일을 펼쳐 보았더니 구운 갈치가 두 토막 들어있었다.

갑자기 웃음이 나왔다.

분명 엄마는 반찬을 싸주시면서 동생과 한바탕 티격태격 하셨을 것이다. 그리고 동생이 살짝 화장실이라도 가는 틈을 타서 몰래 넣어주셨겠지. 그리고 내일쯤 살짝 전화가 올 것이다. 그거 아침에 프라이팬에 데워 먹으면 된다고……

재작년에 외할아버지가 돌아가시고 외할머니는 혼자 계신다. 아흔이 가까우셔서 그런지 노환도 심하시다.

그리고 외로움을 많이 타신다고 엄마는 그랬다. 엄마는 주말에 외할머니께 갈 때마다 반찬 몇 개씩을 꼭 챙겨가셨다. 꼭 우리 남매가 서울갈 때 챙겨주시는 것처럼 이것저것 푸짐하게 챙겨가셨다. 또 집에 돌아오시면 외할머니가 그렇게 좋아하신다고 말씀하셨다.

"어제 꿈에도 니가 나왔드라. 보고잡은디 참 잘 왔다."

"갈치가 참 맛난다. 느그 아부지도 참 좋아하셨는디..."

엄마가 누군가를 사랑하는 방법은 그 사람에게 정성을 다해 반찬을 해주는 것인가 보다.

누군가를 사랑하고 누군가의 사랑을 받는 것은 갈치튀김 한 토막과 같다. 머리로만 이해하려한다면 겉에서만 뵈는 그 눅눅함 이외에는 무엇도 발견할 수 없기 때문이다.

지난 주말에 엄마를 뵈러 갔다.

평소 엄마가 좋아하는 반찬을 만들어서 가져가 내놓았더니 하시는 말씀.

"이런건 뭐하러 가져와. 힘들게"

얼굴은 찡그리면서도 맛있게 잡수신다.

맛있으면 맛있다고 하시지 웬 내숭이야 내숭은.

이런 기분 때문에 엄마도 음식을 싸주시나 보다.

어느새 엄마의 사랑을 따라하고 있는 우리를 보면서 놀랐고 기쁨의 크기에 더욱 놀랐다.

최일규 (학생)

자녀가 맛있는 것을 먹는 것을 보고 어머니는 행복을 느낀다. 자기 자식이 좋아하는 모습은 어머니의 기쁨이기도 하다

- 플라톤 (고대 그리스의 철학자)

5. 젓갈내 나는 편지

할머니가 돌아가셨다.

할머니는 말 못하는 농아였다. 어렸을 때부터 나는 말없고 힘없는 할머니가 싫었다. 있는 듯 없는 듯 조용 조용한 할머니를 불쌍하게 여기고 싶지 않은데, 불쌍하게 여길 수밖에 없는 그 자체가 너무도 싫었다.

할머니는 초등학교 2학년때 학교를 중퇴하여서 글을 몰랐다. 그것이 할머니가 멀어보이도록 만들었다. 할머니가 나를 안아주고 싶어할 때에도, 힘든 손짓 발짓으로 대화를 하려고 해도 어릴 때의 나는 매정하게 그것을 뿌리치기 일쑤였다.

할머니의 고향은 충남 광천이었다. 여름이 다가올 때쯤 되면, 시골에 계셨던 할머니는 늘 새우젓을 담가서 서울의 자식들에게 꼬박꼬박 보내곤 하셨다.

어린 내 입맛에 젓갈은 맞지 않아서, 나는 매일 부모님께 반찬에서 젓갈이 제일 맛없다고 투정부리기도 했다. 그때 내가 기억하던 젓갈의 냄새는 할머니 몸에서 나는 냄새와 비슷했다.

할머니의 장례식동안, 나는 부쩍 말이 없었다.

한번 마음을 열기 시작하면 주체하지 못할 정도로 봇물처럼 마음이 터져나올까봐 냉정하게 행동했다.

1년후, 할머니의 제사를 위해, 우리 가족은 할머니 집으로 오게 되었다. 나는 오래간만에 어머니와 할머니 집을 둘러보았다.

"어머 얘! 이리로 좀 와봐라!"

어머니는 마당에 있는 나무 밑에서 무엇인가를 꺼내고 있었다. 할머니의 젓갈통 항아리였다.

할머니는 없이 살았던 6.25 전란 세대의 아껴먹는 버릇이 생활이 되어 젓갈을 많이 해서 어딘가에 저장해 묵혀놓고는 했다.

"이게 뭐지?"

어머니가 들어올린 항아리 뚜껑 안쪽에는 웬 종이 쪽지가 들어있었다. 삐뚤빼뚤한 글씨로, 짧게 이런 문장이 적혀있었다.

'사랑하는 손녀 지민아 건강해야한다 보고싶구나'

내가 놀랐던 것은 맞춤법이 조금 틀렸지만 할머니가 글을 썼다는 것이다.

"엄마, 할머니께서 글 어떻게 썼어요?"

"응? 아마 노인대학에서 배우셨을거다. 그땐 눈이 오나 비가 오나 꼭 거기 가셨어. 할머니가 많이 즐거워하셨는데.."

나는 왜 그런 사실도 몰랐을까. 갑자기 심장이 아려온다. 글씨체 하나하나가 심장따라 파르르 떨린다.

나와 제대로 말하고 싶어서, 손녀와 대화하고 싶어서 글을 배우셨구나.

내가 할머니를 항상 볼 때마다 사실은 하고 싶었던 그 말, 보고 싶어요.

그 말 한마디 하기가 왜 그렇게 어려웠던지. 저렇게 간단한 말인데. 부끄러움과 후회의 마음이 든다. 그냥 눈물이 나서 나는 구석에 가서 한동안 조용히 숨죽여 울어버렸다.

서울로 돌아온 그 날 저녁, 우리 가족의 밥상에는 또다시 할머니의 젓갈이 올라왔다. 처음으로 젓가락을 가져가 보았다. 맛있다. 짜면서도 고소하다. 푸근한 느낌이 든다.

그래, 나는 할머니를 좋아하고 있었다. '할머니' 라는 마음 속 깊숙한 고향. 그저 조건없이 다 받아줄것만 같은 따스한 곳.

그렇게, 할머니의 젓갈은 시간이 갈수록 삭고 있었다. 그 수많은 기억과 시간들 속에서, 더욱 더 진한 맛을 내며. 마치 할머니의 마음처럼. 그렇게.

오지민 (대학생)

사랑은 숨길 수 없다. 언젠가는 밤송이처럼 터져나온다

- 김율도 (시인)

6. 뱃속 꼬맹이가 내게 준 선물

나는 24살 여대생이다. 한 학기 남은 학교를 졸업하고 무엇을 할 지 설레었는데 갑자기 찾아온 임신은 나의 꿈을 저 멀리 보내버리는 방해꾼으로 밖에 여겨지지 않았다.

일단 결혼을 하고 아기를 낳게 되면 취업하기 힘들 것이다. 더 이상 다른 남자친구는 만날 수 없다. 시댁식구들에게 적응해야 한다. 한 학기 남은 학교에 배부른 임산부로 다녀야 한다. 내 시간을 육아에 집중하느라 많이 뺏기게 된다. 하이힐도 신을 수 없고 꾸미고 다니기도 실상 힘들어지는 것이다. 남이 볼 때는 단순할지 몰라도 내게는 심각했다.

전부터 사실 난 결혼을 하고 싶지 않았다. 내가 보는 모든 '엄마' 들은 초라했고 때로는 가난했고, 남편과 아이만 바라보며 살았다. 그런데 이제 내가 그런 일들을 겪어야 한다니… 임신 초기에 참 많이도 울었다. 우울증도 왔다. 하지만 아이는 포기할 수 없었다. 그건 곧 내가 죽는 행위였기 때문이다. 왜 그런 생각이 들었는지는 모르겠지만 내 아이는 내가 지켜야만 했다. 그래서 어찌 어찌 하여 3월에 식을 올렸다.

4월 초, 태동이 왔다. 물방울이 터지는 것 같은, 임신해보지 않은 여자는 평생 어떤 느낌일지 모르는 생명의 움직임이었다. 물방울 터지는 느낌이 점차 강해지더니 나중에는 배가 이리 불룩, 저리 불룩했다. 병원에 갈 때마다 의사에게 듣는 말은 항상 같았다.

"아가 잘 크고 있네요. 심장 소리 잘 들리시죠?"

병원 가는 일이 이렇게 행복할 수 있다니… 나이 어린 산모다 보니 태반도 좋았고 양수도 좋았고 각종 당뇨, 빈혈, 기형아 검사 아무 것도 걸릴 것이 없이 다 좋았다.

생각해보니 그렇게 어린 나이만도 아니었다. 인터넷 엄마들 카페를 가입해보니 나보다 더 어린 엄마들도 많았다. 또, 내가 행복해지게 한 데 힘이 되어 준 사람도 있었다. '애기 아빠' 라고 자신을 부르며 입이 귀에 걸리게 웃는 순수하고 착한 내 남편. 내가 울 때마다 "우리 천사를 생각해서 힘내자, 나는 너랑 우리 아가만을 위해서 살기로 결심했어." 라며 나를 보듬어주는 남편이 병원에도 같이 가고 내 몸을 위해, 그리고 아가를 위해 먹어야 할 음식을 나보다 먼저 정성스레 종이에 적어 가져오고 그 음식들을 자기가 임신한 것 마냥 함께 열심히 먹어 주던 모습들은 정말 이 남자랑 결혼해도 되겠구나 하는 확신을 더 심어주었다.

그런 과정들을 거치면서, 그저 연애의 감정만 있던 우리 사이에 생긴 것은 건강하게 착상한 아가뿐만이 아니라 '신뢰' 와 '안정' 이라는 새로운 느낌까지 생긴 것이었다.

새로 얻게 된 시댁 식구들? 남들은 '시' 자만 들어가도 싫다고 하지만 나는 좋은 시부모님 대회에 나가면 대상을 탈것 같이 감사한 새로운 '엄마, 아빠' 가 생겼다. 나이가 어리니 더욱 막내 딸처럼 생각해주시고 좋은 음식, 좋은 것이라면 다 해주시는 감사한 분들, 내가 해드리지 못해 너무나 진심으로 죄송한 분들…

나이 어려서 결혼하는 것이 싫다고 투정부렸는데 오히려 긍정적인 부메랑으로 돌아오는 것들이 한두 가지가 아니었다. 결혼할 때도 나이가 어리니 어떤 드레스를 입어도 예뻤고 피부가 좋아 화장도 잘 먹고 눈꺼풀 떨림도 없었다. 그리고 우리 아가가 초등학교를 입학할 때도 나는 겨우 31살이다.

왜 보이지 않았을까, 행복의 문이. 왜 처음에는 그렇게 어둠 속만을 헤맸을까.

내 안에 숨은 긍정은, 건강한 몸에 임신하여 아기가 건강하다는 이야기를 듣는 것에 있고 아무 조건 없이 나를 사랑해주는, 마음씨 착한 내 남편의 큰 눈 안에 들어있고 서로 사랑하는 가족들과 함께 밥을 먹는 그 따뜻함 속에 있는 것이다.

얼마 전 영롱한 선물도 하나 받았다. 뱃속 우리 천사가 철없는 엄마에게 준 것인데, 바로 자연을 아름답게 보는 눈이다. 임신하기 전에는 몰랐던, 작은 풀꽃이, 웅장한 산의 경치가, 계곡에서 잡는 피라미의 고운 색깔이 그렇게 예쁠 수 있다니… 이건 분명 마법이다. 새로운 사랑의 시작에서 온 마법.

보슬비가 내리는 날, 시부모님과 함께 수목원에 들러 만난 보랏빛 작은 톱꽃이 그렇게 귀여울 수가 없었다. 소원이 하나 있다면 작지만 꼿꼿했던 톱꽃처럼, 그리고 내가 느끼는 이 행복처럼, 나와 남편의 사랑의 결정체인 우리 천사가 그저 건강하게만 자랐으면 하는 것이다. 엄마의 모든 것보다 너를 사랑한다. 천사야. 사랑해.

송신애(주부)

삶이란 우리의 인생 앞에 어떤 일이 생기느냐에 따라 결정되는 것이 아니라, 우리가 어떤 태도를 취하느냐에 따라 결정된다.

- 존 호머 밀스

7. 할머니와 눈국수

　19년 동안 살던 제주도를 떠나서 육지생활을 한 지도 어느덧 보름이 넘어가네요. 기숙사 생활을 하면서 입에 맞지 않는 밥을 꾸역꾸역 먹으며 생활하다보니 입맛에 꼭 맞게 음식을 해주시던 할머니 생각이 납니다.

　맞벌이를 하던 부모님을 대신해 초등학교 때까지 나는 할머니 손에서 자랐습니다. 그래서 그런지 할머니는 나에게 엄마같은 존재입니다. 항상 내 말이라면 무조건적으로 들어주고 받아주셨습니다.

　그렇게 좋은 할머니와 나 사이에 잊을 수 없는 사건 하나가 터졌으니 때는 바야흐로 10년전... 평소 편식이 심한 저는 햄이나 고기같은 좋아하는 반찬을 빼고는 입에 대려고 하지 않았습니다. 입에 넣어줘 봐도 절대 채소는 먹지 않았죠. 밥도 깨작깨작 먹고 밥상머리에만 앉으면 기본이 1시간이였습니다.

　또래 아이들보다 키도 작고 말랐던 나는 툭하면 자잘한 감기에 걸려서 병원의 단골손님이 되었습니다. 어느 날은 심한 독감에 걸려 1주일동안이나 학교를 못 갔습니다.

　몸을 추스리고 다시 식탁에 앉았는데 아니 이게 왠 일? 햄은 하나도 없고 시금치, 콩나물 등 내가 싫어하는 음식들 뿐이였습니다. 나는 '이게 뭐냐' 면서 반찬투정을 하기 시작했습니다.

　할머니는 편식하니까 매일 아픈거라면서 빨리 먹으라고 했습니다. 당연히 저는 안 먹겠다며 식탁에서 일어섰죠.

그 때 할머니가 처음으로 매를 드셨습니다. 엉덩이 다섯대 정도 맞았을까. 저는 엉엉 울면서 현관문을 박차고 학교로 갔습니다. 학교에서도 내내 울상이다가 집에 돌아왔습니다.

할머니께 인사도 안하고 문을 쾅 닫고 내 방으로 들어갔는데 편지 한 통이 책상 위에 놓여져 있었습니다.

"사랑하는 지현아~ 할머니가 아침엔 미안했다. 네가 매일 밥도 잘 안 먹고 그래서 자꾸 아픈 모습을 보니깐 할머니도 걱정되고 마음 아파서... 학교에서 배는 안 고팠니? 할머니가 눈으로 만든 국수 해놨으니깐 꼭 먹어라~!!"

부엌에 가보니 처음 보는 하얀 국수가 있었습니다.

눈으로 만들었다기에 신기해서 먹기 시작했습니다. 배도 많이 고팠고 고소한 맛에 어느덧 한 그릇을 뚝딱 비웠습니다. 오랜 시간이 지나서야 눈국수가 콩국수 라는걸 알게 되었죠.

콩국수라고 하면 분명 내가 먹지 않을거라고 생각해서 할머니가 지혜를 짜낸 것입니다. 그 이후로 할머니의 눈국수는 나의 보물 제1호 음식이 되었습니다.

그런데 몇 년 전 부터 '눈국수'를 먹을 수 없게 되었습니다. 합병증으로 고생하던 할머니가 걷는 것 조차 힘들고, 미각도 둔해지시고, 눈도 잘 보이지 않기 때문입니다.

육지로 올라오기 전날 할머니 댁에 들렀습니다. 할머니는 어떻게 그 애기가 벌써 성인이 되었냐며 제 손을 잡으시며 눈물을 훔치셨습니다. 그리고는 부엌에 가시더니 힘겹게 상을 들고 오셨습니다. 그 상에는 콩국수 한 그릇이 있었습니다. 그 동안 꼭 해주고 싶었는데 미안하다면서... 할아버지 도움을 받아 만드셨다고 하셨습니다.

목이 메었습니다. 이내 콩국수를 다 먹고 할머니와 이야기를 나누었습니다. 혹시나 맛이 없으면 어떡하나 노심초사 하며 떨리는 손으로 '눈국수'를 만들었을 할머니를 생각하니 돌아오는 길에도 내내 눈물이 나왔습니다.

육지에서 매일 조미료 가득한 음식과 인스턴트 음식에 익숙해져 갈수록 할머니의 '눈국수'가 더욱 그리워집니다. 오늘은 할머니께 안부전화 한 통 해야겠습니다.

할머니 사랑해요~

김지현 (대학생)

부모들이 우리의 어린 시절을 꾸며 주셨으니 우리는 그들의 말년을 아름답게 꾸며드려야 한다.

- 생 떽쥐페리 (프랑스의 작가)

8. 진정한 부녀

화목한 부녀가 있었습니다. 아버지는 딸을 사랑으로 양육했고 딸도 그런 아버지를 진심으로 따르고 사랑했죠.

딸이 중학교 2학년이 되었을 때 아버지는 딸에게 충격적인 이야기를 하였습니다.

딸은 아버지의 친딸이 아니었습니다.

아버지는 어렵게 고백했고 딸은 그만 충격을 받았습니다.

아버지는 사랑하는 사람이 있었습니다. 아주 오랜 시간동안, 평생을 걸쳐 사랑한 사람이...

어렵게 자신의 마음을 고백했지만 그녀는 받아줄 수 없었습니다. 그녀는 다른 사람을 사랑하고 있었기 때문입니다.

그리고 잔인한 운명이 펼쳐졌죠. 그녀가 사랑했던 남자는 그만 결혼을 앞두고 교통사고로 죽고 말았습니다. 그러나 이미 몸 속엔 사랑의 결실이 자라나고 있었습니다. 고심하던 그녀는 자신이 낳은 아이를 고아원에 보내고 외국으로 유학을 가버렸습니다.

아버지는 수소문 끝에 고아원에 찾아가 자신이 사랑하는 사람의 아이를 입양 했습니다.

"그게 전가요?"

딸의 질문에 아버지는 말없이 고개를 끄떡였습니다.

"왜 저를 입양하신 거죠? 아버지에게도 역시 상처였을 텐데."

"너는 내가 사랑하는 사람의 아이였기 때문이다."

그리고 힘겹게 아버지는 한마디를 더 붙이셨습니다.

"그리고 내 가장 친한 친구의..."

딸은 아무 말 없이 아버지를 안아드렸고 모든 상황을 받아들이기로 했습니다. 친모가 누구든... 친부가 누구든 지금까지 결혼도 안하시고 자신을 키워준 건 지금의 아버지였으니까.

하지만 고등학교에 진학하고 딸은 방황하게 됩니다. 점점 더 모든 것이 혼란스러워 졌습니다. 자신을 버린 친모도 저주스러웠지만 어쩐지 아버지가 입양한 것도 자신 때문이 아닌 옛사랑에 대한 애상 때문이라는 생각이 들었습니다.

딸은 어느 날...친모를 찾겠다는 쪽지를 남기고 집을 나왔습니다. 결국 알아낸 친어머니는 유명한 화가였습니다. 외국에서 공부를 마치고 특이한 화풍의 그림이 인정받아 지금은 국내의 대학에서 강의하며 천재 화가로 명사가 된 사람이었습니다.

딸은 친모의 전시회에 가 어머니의 그림을 보았습니다. 놀랍도록 화려하고 밝고 아름다운 것이었습니다.

"그림을 좋아하시는 가 보죠?"

"예... 조금은?"

"이 그림의 어디가 좋아요? 학생..."

"치열함이 좋습니다. 아픔이나 고통, 어두움 따윈 발 딛을 곳 없는 이기적인 아름다움."

딸은 첫 눈에 자신에게 말을 건 사람이 친모라는 것을 알았지만 더 이상 말없이 인사하고 밖으로 나왔습니다. 알 수 없는 친근함에 더 말을 걸려는 어머니를 뒤로하고...

술을 드시던 아버지는 '잘 다녀왔니' 라는 말 외에 아무 것도 묻지 않았습니다.

입양한 딸에 대한 사랑은 지난 사랑에 대한 보상심리였을까요? 아니면 죽은 친구의 연인을 사랑한 자책일까요? 하지만 어린 시절 몸이 불덩어리가 된 자신을 안고 괜찮을 거라고 쉴 새 없이 되뇌며 세상 모든 병원을 찾아다닌 아버지의 사랑은 그것만으론 설명할 수 없다고 딸은 생각했습니다.

"아버지, 한 가지만 물을게요. 왜 저를 키우신 거죠?"

"너는 내가 가장 사랑하는 여인의 딸이었기 때문이다. 그래서 내 딸이다."

"그럼 왜 어머니를 사랑하셨죠? 그렇게 이기적이고 제멋대로인 여자를? 언젠가 다시 만날 것 같아서 그랬어요?"

어둠 속에서 아버지는 눈을 감고 말씀하셨습니다.

"아니다. 그녀는 내가 가장 사랑하는 딸아이의 어머니였기 때문이다."

딸은 아무 것도 묻지 않고 아버지에게 안겼습니다. 눈물이 흘렀습니다. 죄송합니다. 죄송해요. 그런 말만 흘러 나왔고 아버지도 울며 말씀하셨습니다.

"내 딸아. 미안하다... 이렇게 네가 아파할 걸 알면서, 너의 아버지라는 행복을 포기할 수 없었다." 라고.

김형선

사랑은 모든 것을 정복한다. 우리도 사랑에 굴복해야 한다.

- 베르길리우스

9. 잃어버린 반지

현정이가 초등학교 5학년 때 아버지는 재혼을 하셨다.

사실 아무런 느낌이 없었다. 친어머니는 현정이가 아주 어렸을 때 돌아 가셨으니까...

새어머니는 매우 좋으신 분이었다. 착하고 솜씨 좋고 배려심이 깊은 분이었다.

하지만 현정이는 어머니라는 말이 나오지 않았다.

노력을 안 한 것은 아니지만 몇 번 해보려 해도 안 되고 어색해져 아예 호칭을 붙이지 않게 됐다.

아버지도 그것에 대해 별 말씀은 안하셨지만 분명 그들 가족 사이에는 불편한 기류라는 것이 존재했다.

친모에 대한 의리? 새어머니에 대한 경쟁심?

뭐라고 말해야 옳은지 모르겠다.

그런 현정의 태도에 변화가 생긴 것은 중학교 2학년 때의 가을이었다.

새어머니는 하루 종일 뭔가를 찾고 있었다.

현정은 왜 그러냐고 물어봤고 새어머니는 눈치를 보다 사실은 결혼반지를 잃어 버렸다고 말씀하셨다.

현정이는 그게 뭐 큰일인가, 라고 생각했지만 애 딸린 아버지에게 겁 없이 시집온 그녀에겐 중요한 의미가 있는 것이었을

지도 모른다.

어쨌든 현정이는 아버지 모르게 그녀와 집 이곳저곳을 뒤지며 찾았지만 끝내 반지는 찾을 수 없었다.

일주일이 지난 후, 현정이는 한밤중 냉장고의 문을 열다 어둠 속에서 손을 더듬으며 아직도 반지를 찾고 계신 새어머니를 발견했다.

그리고 알아버린 것이다. 현정이에게는 아버지의 재혼이었지만 그녀에겐 사랑하는 남자와의 결혼이었다는 것을.

현정이에게 그녀는 어머니 대신 들어온 새로운 어머니였지만 그녀에게 현정이는 처음 갖는 사랑하는 남자의 아이라는 것을.... 현정이에게는 불편하고 속상한 것도 누구에겐 소중한 행복이 될 수 있다는 것, 세상엔 다른 시각의 많은 의미가 있다는 것을 알았다.

현정이는 일주일 전에 주방 싱크대 밑에서 발견하고 숨겨두었던 결혼반지를 꺼내 새어머니 앞에 내밀었다. 일찍 찾았음에도 옹졸한 마음에 드릴 순 없었던 사실까진 밝힐 수 없었다.

그토록 기뻐하며 좋아하시는 새어머니의 모습을 본 건 그때

가 처음이었다.

"고맙다, 고맙다 현정아…"

"아니에요. 그동안 죄송했어요. 어머니…"

현정이가 새어머니를 어머니로 부른 것도 그때가 처음이다.

그것은 벌써 7년 전의 일이고 현정이와 어머니는 세상의 그 어떤 모녀보다 친하고 서로를 이해하고 사랑하는 사이가 되었다.

많은 시간이 지난 후, 그때 반지를 발견했음에도 알 수 없는 반발심에 반지를 숨기고 있었다고 솔직히 고백했고 어머니는 웃으시며 말씀하셨다.

"미안하다. 현정아…나도 네 아버지한테 이렇게 예쁜 딸이 있다는 사실을 듣고 일주일간 고민했었단다."

이토록 센스 만점의 멋있는 어머니가 가족이 되었다는 것, 신의 선물이 아니면 달리 무엇이랴?

김형선

그대가 삶을 값지게 살고 싶다면 아침에 눈뜰 때마다 이렇게 생각하라. 오늘 단 한 사람만을 위해서라도 좋으니 기뻐할 만한 일을 하고 싶다고.

- 니체 (독일의 철학자)

10. 40통의 생일축하 문자메세지

"도대체 너는 고3 맞니? 아직도 정신을 못 차린 거야. 아니면 그만 두려고 포기한 거야? "

내 말이 끝나기도 전에 아이는 문을 나서버렸다.

식탁위에 차려놓은 아침밥은 한 술 떠보지도 않고 나가버린 아이가 야속하기도 했지만 다른 한편으로는 은근히 걱정되기도 했다. 게다가 오늘은 내 생일이기도 한데.

겸상은 하지 못하더라도 미역국에 따뜻한 밥을 먹게 하고 싶었는데, 활짝 웃는 얼굴로 생일 축하한다는 말을 듣고 싶었는데....... 조금만 더 참아주지 못하고 던진 말 한마디에 나는 나대로 아이는 아이대로 상처를 입고 말았다.

펑펑 울며 하던 아이의 말이 가슴에 걸려 아무 것도 할 수가 없었다.

"다른 아이들은 늘상 보약을 달고 살아. 그리고 부모님들이 공부하느라 힘들다고 먹고 싶은 것 다 사주고 밤이면 엄마들이 차에서 대기하고 있다가 태워가고 그래. 그런데 나는 보약은 고사하고 매점에 가는 것도 눈치 보여. 그리고 참고서도 친구들거 빌려서 본단 말이야. 엄마가 힘들게 생활하는 거 알기 때문에 나도 열심히 공부해야 하는 거 알고 있어. 그러면 엄마도 나를 믿고 좀 기다려 주면 안 돼?"

힘들고 어려워도 나를 바라보는 아이의 까만 눈동자를 보면 용기를 얻어 새로운 희망으로 오늘까지 버티어왔는데.

새벽 6시면 집을 나섰다가 밤 11시가 되어서야 집에 오는 아이가 힘든 건 알지만 엄마 마음을 몰라주니 야속했다. 무거운 마음으로 시간을 보내고 저녁을 준비하고 있는데 다른 때보다 일찍 집에 온 아이는 말없이 방으로 들어가 버렸고 나는 아이에게 무슨 말을 해야 할지 몰라 그저 시간만 보내고 있었다.

'딩동'

휴대폰 문자 메시지가 도착했다는 소리에 휴대폰을 열었다.

'어머니, 생신 축하드려요. 희원이 친구 영애'

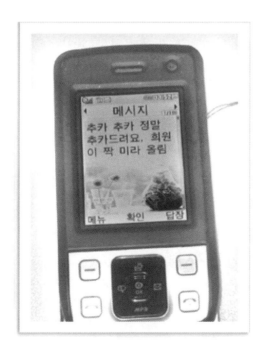

순간 나는 둔기로 머리를 얻어맞은 듯 멍해졌다. 곧이어 문자 메시지를 알리는 소리가 계속 들렸다.

'딩동'
'축카 축카. 정말 축카드려요. 희원이 짝 미라 올림'

'딩동'
'사랑합니다. 생신 축하드려요. 희원이 친구 소라 올림'

그렇게 모두 40여 통의 생일축하 메시지를 읽고 나서 나는 아이의 방으로 들어가 말없이 아이를 품에 안았다. 아이에게서는 향기로운 냄새가 났다. 행복이라는.......

이렇게 간단한 문자 메세지가 우울한 기분을 사라지게 하고 행복으로 이끌게 한다는 것도 새삼 깨달았다.
싸웠을 때나 화해가 필요할 때 문자로 전달하는 것이 말보다 더 큰 효과가 있다는 것을 알았다. 나도 나중에 써먹어야지.

정순옥

어떤 사람이 비수처럼 느껴질 때, 날카로운 것으로 당신의 가슴을 마구 휘젓고 가슴 아프게 한다면 당신은 그를 사랑하고 있는 것이다

- 프란츠 카프카

·
·
·

6장

사랑하라 또 사랑하라

1. 매형아닌 매형

누나가 죽은지 벌써 강산이 세 번이나 변했다. 이제는 그 아련한 기억도 가물가물거린다.

송자 누나는 우리집의 희생양이다.

위로 큰누나와 형이 중학교에 진학하는 바람에 상급학교를 포기했고 그 어린 나이에 전화교환수가 되었다.

그 당시는 전화국이 우체국과 같이 있었다.

누나와 나와의 나이 차이가 15년 정도 났다. 내가 초등학교 1학년, 8살이고 누나의 나이가 23살이었다.

누나는 약혼을 했다.

매형은 안동연초조합(전매청)의 직원이었는데 안동권씨 양반 가문에 키가 크고 미남이었다. 매형은 누나를 아주 많이 사랑했다. 매형은 안동에서 청송까지 주말마다 누나를 만나기 위해 왔었고 누나와의 데이트엔 언제나 나를 데리고 다녔다.

그 시절에는 다 그랬다. 다 큰 처녀 총각 둘이서 데이트는 도저히 불가능한 일이었다. 그렇게 누나와 매형의 사랑은 깊어 갔고 돌아오는 봄에 결혼식을 올리기로 날을 잡았다.

추석을 막 지난 가을로 기억한다.

누나는 아주 심하게 감기를 앓았다.

작은 면단위에 하나 밖에 없는 병원의 원장님이 큰집 사촌형수의 아버지고 우리집과는 겹사돈이 되는 셈이다.

그 원장님께 왕진을 부탁하자 링거를 꽂아 주고 가신 후 30분이 지나지 않아 누나는 발작을 시작했다. 어린 나이였지만 나는 다 기억한다. 누나의 머리맡에서 보았으니까.

그냥 주사 바늘만 빼면 되는데 우리는 그 누구도 그 생각을 하지 못하고 의사만 찾아 다녔다.

온 동네를 다 뒤져 의사를 찾았을 때 의사는 만취된 상태였고 누나는 숨을 거두고 있는 중이었다. 의사가 주사바늘을 빼고 얼마 지나지 않아 누나는 죽었다. 쇼크사였다.

엄마는 처녀로 죽은 누나를 위해 절에서 사십구제를 해주었다. 원혼만이라도 좋은 곳으로 가라고.

일주일에 한 번씩, 칠 주 동안 매형은 제에 참석하였다.

마지막 제가 있던 날, 스님이 읽으라는 편지를 속으로 읽으면서 매형은 많이도 울었다. 어깨를 들썩이면서 서럽게 서럽게.

인연이 여기까지니 이제 그만 오라는 아버지의 말씀에도 매형은 일주일에 한 번씩 우리 집에 왔다. 그냥 멍하니 앉아 있다가 저녁 먹고 안동으로 갔다.

가끔씩은 "우리 막둥이 처남하고 놀러나 갈까." 하면서 내 손을 잡고 누나와 셋이서 거닐던 강둑도 걷고 그랬다.

누나가 죽은 다음 해 구정 때도 매형은 선물을 사가지고 우리 집에 왔다. 하루 밤 나와 같이 자고 그 다음 날 안동으로 갔고 그렇게 누나가 죽고 3년 동안 그 일을 쉬지 않았다.

구정, 추석, 누나가 죽은 날, 아버지 어머니 생신날. 그렇게 우리 집을 왔다.

누나가 죽은 지 4년이 되는 해 구정 다음 날, 그 날도 어김없이 매형이 왔고 우리 집은 난리가 났다.

　아버지는 더 이상 집안에 발을 들일 수 없다 하셨고 매형은 대문 앞에서 울고 앉아 있었다. 그 추운 한겨울에 온몸을 달달 떨면서.

　나는 도저히 잠을 잘 수가 없어 밤 9시경에 담을 넘어 대문 앞에 가 보았다. 매형은 그때까지 그렇게 그 자리에 있었고 나는 그런 매형이 불쌍해서 그 품에 안겨 한없이 울었다.

　그렇게 울다가 나와 매형은 근처 여관으로 가서 잤다.

　아침에 일어나니 매형은 없었다. 그것이 매형을 본 마지막이다. 그 해부터는 우편물이 왔다.

　누나가 죽은지 20년이 지난 해. 내가 간호사로 근무하던 병원에서 그 매형을 만난 날, 내 눈을 의심했다.

　매형의 아버지가 우리 병원에 입원을 하셨고 수술을 위해 보호자 동의서를 받았는데 그것을 정리하던 내 눈에 보호자인 매형의 이름이 들어온 것이다.

　권지헌. 멀리서 보았는데. 매형이 맞았다. 멋있는 중년이 되어 있었다.

　내 이름을 밝히자 매형은 너무 놀라며 반가워 했다.

　우리는 다음날 술 한 잔을 했다.

　"처남이 진작에 빨리 자라서 간호사였더라면 말이야..."

　".............................."

　또 누나 생각인 모양이다.

　결혼은 했냐고 물어보았다.

　매형은 19년 동안 결혼하지 않다가 작년에 결혼했다고 한다.

아무리 그래도 19년은 너무 오랜 세월 아닌가. 1년이면 재혼하는 요즘 시대인데 20년 가까이 잊지 못하고 결혼을 하지 않다니....

매형이 지갑에서 부인의 사진을 꺼내 보여주었다. 나는 그만 너무 놀라 소리를 지를 뻔 했다.

그 부인이 누나와 꼭 닮았기 때문이었다. 나는 혹시 누나의 사진이 아닌가 면밀히 살펴보았지만 최근 사진이었다.

사실 세상엔 닮은 사람을 찾아보면 많이 있다. 하지만 막상 이렇게 누나와 닮은 사람을 보니 내가 더 흥분되고 심장이 떨렸다. 혹시 누나가 환생해서 다시 온 것은 아닐까, 의구심이 들 정도였다.

매형은 평생 결혼하지 않으려고 했다고 한다. 그러다 누나와 꼭 닮은 여자를 보는 순간 결혼할 마음이 생겼다고 한다. 그것이 보상심리든 아니든 지고지순한 매형의 순수한 사랑의 열정에 다시 한 번 감탄하게 되었다.

그 후로부터 다시 10년 동안 매형아닌 매형을 만나지는 못했다. 가을이 깊어지면 나는 매형이 보고 싶어진다. 그리고 생각하게 된다. 나는 언제 지고지순한 사랑을 한 적이 있는가.

누나가 일찍 내 곁을 떠나는 바람에 정말로 좋은 매형을 잃어야했다. 하지만 소중한 가르침 하나를 얻었다.

윤강 (직장인)

죽음보다 더 강한 것은 이성이 아니라, 사랑이다.

- 토마스 만 (독일 작가)

2. 빨리 '커밍아웃' 하세요!

시대가 초스피드로 날아가고 있다. 상상하지도 못했던 전기자동차가 거의 현실화되고 길을 걸어가면서도 친구 얼굴을 보며 키득키득~ 즐거운 통화를 할 수도 있다.

그런데 막상 사람들의 '관계'는 점점 삭막해지고 있다. 갓 구운 비스킷, 얇은 비스킷처럼 바삭바삭하다. 자기이익만 찾아다니면서 남을 짓밟고, 거짓말하는 것을 주저하지 않는다.

그야말로 이기적인 시대 '날개' 시대로 승승장구하고 있다.

그러나 빛과 그림자는 항상 함께 존재하는 법~

주변을 둘러보면 이쁜 사람들도 참 많다.

우선 김장훈씨, 그와 라디오방송을 하루 함께 해봤는데 아주 유쾌한 싸나이였다.

내가 그에게 말했다.

빨리 커밍아웃하세요. 인간의 탈을 쓴 천사라고!

그는 푸하하·· 박장대소했다.

집도 차도 없는 그가 오직 다른 사람들을 위해서 수십억을 헌납했다는 것은 말이 쉽지 나 같은 보통사람들 입장에서는 거의 불가능한 행동이다.

그렇다. 그는 인간이 아니다. 인간의 탈을 쓴 천사다.

그런데 우리 주변엔 위장취업(?) 하늘에서 지구에 100년 파견근무를 하러 나온 천사들이 꽤 많이 있다.

거리에 버려진 아이들을 무려 38명이나 데려다 키우는 무봉

스님. 그 아이들 중에는 '무뇌아'도 있다. 뇌가 없어서 눈의 초점도 없다.

밤마다 응급실에 실려가야하고 두뇌활동을 전혀 하지 못하는 아이다. 그러나 극진한 사랑은 무생물도 감동시킨다고 하잖은가?

스님이 자기를 얼마나 이뻐하는지 알고 스님만 보면 방긋방긋 웃는다고 한다.

기적을 만들어내면서 사는 무봉스님~

먹을거리를 사러 장을 볼 때도 그 양이 어마어마하다. 무뇌아를 등에 업고 아이들을 진두지휘하면서 장을 보는 스님의 모습은 아름답게 씩씩하다.

38명의 아이들은 버들강아지처럼 쑥쑥 자라서 사춘기 청소년들도 많다. 서로 스님의 사랑을 조금이라도 더 받으려고 질투하고 갈등한다.

인생의 모든 잡동사니들, 아이들이 빚어내는 '후뚜루마뚜루 문제들' 그 모든 것을 웃음으로 끌어안고, 껴안고, 싸안고 살아가는 스님.

그런가하면 사형수들만 찾아다니는 수녀님도 있다.

수녀님은 사형수들에게 삶의 향기를 느끼게 해주는 어머니, 인생의 대모노릇을 하고 있다.

어떤 사람도 죄를 짓고 후회하지 않는 사람이 없다고 한다.

내가 왜 그 순간 잠깐만, 3초만 더 참지 못했을까? 왜 죄를 지었을까?

그들은 언제 죽을지 전혀 모른다. 예측불허다. 어느 날 불현듯 자신의 이름 석자를 부르면 나가서 사형집행을 당해야한다.

그래서 그들은 날마다 죽음을 새록새록 체험한다. 바로 오늘이 최후의 날이다!... 라고 생각하고 살아간다. 그래서 그들의 가슴은 더욱 더 후회로 절절하고 애절하다고 한다.

　수녀님은 그들이 평화롭게 세상을 떠날 수 있도록 사랑을 쏟아 붓는다.

　그런가하면 아주 귀엽고 깜찍한 조수진이 있다. 나는 그녀가 방송에 나와서 하는 이야기를 우연히 듣고 감동 또 감동했다.

　그녀는 27세에 임파선 암 판정을 받았다. 아니, 이 나이에, 파란색 청춘인데 웬 암이람? 거짓말 같은 현실에 놀랐지만 다행히 수술로 나았다. 그런데 또 재발~

　병원에서 참을 수 없는 고통의 긴~시간들을 이겨내면서 그녀는 자신의 암투병을 만화로 그렸다. 그로부터 4년이 흐른 지금 그녀는 드디어 만화가로 당당히 자신의 타이틀을 갖게 되었다. 내가 그녀에게서 감동하고 깨달음을 얻은 것은 어떤 고통도 내가 어떻게 받아들이느냐에 따라서 극과 극으로 달라진다는 것이다.

　약이 되기도 하고 독이 되기도 한다. 희망이 되고 절망이 된다. 그녀는 몇 년째 항암치료중이어서 방송할 때도 머리에 두건을 쓰고 나왔다. 그런데 그 모습은 그야말로 하늘에서 사뿐히 내려온 천사였다.

　맑음 앞에 '해'가 떠 있는 해맑음!

　순수무공해 해맑음이 그녀를 찬란하게, 아름답게, 빛나게 해주었다. 그녀는 나이가 어리지만 내 '인생교과서'가 되었다.

　내가 만약 그녀 입장이었다면? 나는 아마도 울고불고 절망하면서 가족들을 힘들게 했을 것이 분명하다.

그녀는 행복해 죽겠다는 듯 어떻게 그렇게 화사사~ 웃을 수 있을까? 모든 것은 신의 뜻, 자신을 위해 만드신 신의 '프로그램' 이라고 겸허히 받아들인다.

어린 나이에 그토록이나 사려깊은 영혼을 가지고 있다니?

그 후로 나는 힘든 일이 있거나 슬플 때, 혹은 한숨이 튀어나올 때, 에라~ 모르겠다! 와장창 무너져버리고 싶을 때면 그녀의 햇살같은 모습을 떠올린다.

방긋방긋‥ 생글생글.......어찌 그리도 이쁘게 웃던지!

그녀가 웃을 때면 그 입술에서 햇살가루가 휘리릭~ 쏟아져 내렸다. 그녀는 암은 암, 청춘은 청춘! ......이라고 말했다.

암이라고 해서 주저앉고 슬퍼하기만 하면 안된다는 것이다.

그녀의 밝은 모습은 '행복의 부적' 과 같다.

.........세상이 아무리 삭막해지고 '낱개' 로 부서지고 있지만 우리들을 행복하게 해주는 천사들은 이렇게 감동을 선물해주고 있다.

나는 그들에게 큰 소리로 외친다.

빨리 커밍아웃하시라니까요! 나는 인간의 탈을 쓴 천사다!

....라고...... 하하‥

최윤희 (행복디자이너)

작은 봉사라도 그것이 계속된다면 참다운 봉사이다. 데이지꽃은 그것이 드리우는 제 그림자에 의하여, 아롱지는 이슬방울을 햇빛으로부터 지켜 준다.

- 윌리엄 워즈워스 (영국 시인)

3. 우리의 어머니

누군가에게 들은 이야기입니다

한 친구(A)가 다른 친구(B)에게 500만원을 빌려 주었습니다.

적지 않은 돈이라 좀 고민했지만 B와는 어릴 때부터 사귄 허물없는 사이고 그의 어머니가 급하게 병원에 입원해 있다고 하여 빌려준 것이죠.

한 달이 지나고 두 달이 지나도 연락이 없자 A는 조급해지고 B에 대해 자꾸 안 좋은 마음만 들었습니다.

주변에 수소문해서 B를 찾아갔습니다.

그는 반 지하 원룸에서 살고 있었습니다. 예전엔 넉넉하게 산 것으로 알고 있었는데 조금은 의외였습니다.

"너 임마, 아무리 그래도 그렇게 연락도 안 받고 이런 식으로 하면 안 돼."

어렵게 살고 있는 걸 보니 측은한 마음이 들었습니다.

"무슨 사정인지 모르지만 약속은 지키자."

한마디 하고 나가려고 할 때 궁금한 생각이 들었습니다.

"어머니가 입원하셨다는데 퇴원하셨니?"

"아니, 아직....."

"어느 병원에 입원하셨는데....?"

A의 물음에 B는 갑자기 당황하더니 '저기...... 올 필요 없어' 하면서 얼버무리는 것이었습니다.

A는 뭔가 느낌이 이상하여 계속 추궁하였습니다.

"어머니 입원한 거 거짓말이지?"

"………"

다음날, 불안해하는 B를 앞세우고 병원에 갔습니다.

자꾸만 도망가려는 B를 다잡고 병실 문을 여는 순간 A는 그만 머리가 핑 돌고 말았습니다.

침대에는 B의 어머니가 아닌 A인 자신의 어머니가 누워계셨던 것입니다.

A는 그 자리에서 쓰러져 한동안 일어나지 못했습니다.

어머니는 3개월 전 A와 크게 싸우고 시골에 가신다고 하셨는데는 병원에 입원해 있다니 믿을 수가 없었습니다.

"미안하다. 말해야 했는데. 어머니가 우리 집에 오셔서 그동안 이야기를 다 하셨어. 웬만하면 어머니 말씀을 들어라. 화병으로 심장이 좋지 않아 입원하게 된 거야."

A는 그 자리에서 엉엉 소리 내어 울었습니다.

홀로 된 어머니를 잘 모시지 못하고, 무시하고, 소리치고, 그리고 친구의 진심을 의심한 자신을 반성하며 깊은 회한의 눈물을 흘렸습니다.

그리고 친구를 꼭 껴안았습니다.

"친구야! 네가 나를 새로운 인간으로 태어나게 만들었구나. 아들인 나보다 네가 더 낫다. 이제 저 분은 나와 너의, 우리의 어머니다."

나란 사람은 아버지가 만들었고 어머니가 키웠으며
친구가 알게 해줬다.

김형선

4. 장애인 남편을 사랑하는 이유

남편이 장애인이라 무슨 사연이 있을거라는 생각으로 많은 사람들이 물어보곤 한다.

"왜 장애인과 결혼하셨어요?"

그냥 궁금해서 물어본 말이겠지만 나는 그 질문을 받을 때마다 기분이 안 좋다. 사랑해서 결혼했지 왜 결혼했겠는가? 그러나 사람들은 궁금한 모양이다.

결혼할 때, 친정 식구들의 아주 심한 반대가 있었다.

"혜련이는 사실은 아이를 낳을 수 없는데 그래도 괜찮은가?"

남편은 조금도 주저없이 특유의 자유로운 생각으로 이를 받아들였다.

"서로 노력해서 낳을 수 있도록 해보겠습니다."

이유같지 않은 이유를 대며 그런 방해공작에도 결혼을 포기하지 않은 남편에게 고맙게 생각한다.

남편은 빨리 달릴 수 없다는 것, 무거운 것은 잘 들지 못한다는 것만 빼고는 완벽하고 비장애인보다 더 뛰어난 점이 많다.

운전시 발로 해야 하는 브레이크나 악셀도 손으로 하는 운전이지만 10년 이상 무사고 운전자이고 기적적으로 태어난 아이들에게 큰 소리내지 않고 재미있게 공부시키고 집안청소며 요리까지 자주 해준다. 나는 좀 덜렁대는 편인데 남편은 꼼꼼해서 나의 부족한 부분을 잘 채워준다.

그러던 어느날, 정말로 감동받은 사건이 있었다.

그날은 승용차는 집에 놓고 버스를 타고 도봉도서관에 같이 가고 있었다. 차에서 내리는 순간 펄럭이는 내 치마가 차 문에 끼고 말았다. 순식간에 일어난 일이었다. 나는 차에 끌려갈 순간이었다.

남편이 버스를 탕탕 치며 옷이 끼었다고 큰 소리로 소리쳤으나 버스기사는 안 들리는지 그냥 출발했다.

나는 꼼짝없이 이대로 죽나보다 생각했는데 남편은 나를 꼭 붙잡고 놓지 않았다. 결국은 같이 끌려갔다. 실제는 5초 정도였지만 내게는 50분처럼 생각되었다.

안에 타고 있던 승객이 알려주어 버스기사가 겨우 차를 멈추었다. 그 순간이 너무 아찔한 생각이 들었다. 나 혼자 끌려갔더라면 정신적 공포감에 아마 많이 다쳤을 것이다. 살신성인. 온몸을 던져 구한다는 것이 이런 것이 아닌가 생각이 든다.

나는 가벼운 찰과상을 입었는데 남편은 온몸이 피투성이가 되고 아픈 다리가 다 까지고 피를 많이 흘렸다.

남편이 내 밑으로 들어와서 비교적 글래머인 나를 보호하고 자기는 땅에 쓸리며 갔기 때문이었다.

　남편은 피를 흘리면서도 웃으며 병원에 실려갔고 한동안 일도 못하고 집에서 꼼짝없이 치료받으면서도 여유가 있었다.

　"어렸을 때 너무 깨지고 다쳐서 그 정도는 조족지혈이지."

　생명의 위협까지도 느끼는 심각한 상황을 문자까지 쓰며 웃고 넘어가는 낙관적인 성격은 내가 배우고 싶은 점이다.

　왜 결혼했느냐고 물어보는 사람에게는 이젠 답변이 되었나 모르겠다. 이 정도로 나를 사랑했기에 결혼한 것이다.

　사랑했기에 결혼한 것이지 장애인이라 동정심으로 한 것은 절대 아니라고 이 자리를 빌어서 말하고 싶다.

윤혜련 (주부)

사랑은 군주나 제왕, 영주나 법률을 초월한다.

- R. 그린

5. 독일어로 말해요

내 친구 한수의 이야기다. 그의 이야기를 듣고 사랑을 하려면 이 정도는 해야한다고 생각해 소개하고자 한다.

한수는 독일 이름과 비슷한 이름을 가졌지만 고등학교 독일어 시간에 독일어가 싫어 수업시간에 다른 것을 하고 독일어 시험은 형편 없었던 친구다.

그런데 졸업하고 3년 동안 인터넷 펜팔로 알게 된 독일여자를 만나러 독일에 찾아갔다. 독일어 실력이 형편없었던 녀석이 독일여자를 사귀다니, 세상은 참 알 수 없는 것이다.

한수는 펜팔만 하고 처음 만나는 것이라 무척 긴장되고 설레였다. 기숙사로 가 문을 두드리자 그녀 대신에 승희라는 이름의 한국인 룸메이트가 나와 반갑게 인사를 했다. 이름을 밝히고 한나의 친구라고 말하자 많은 얘길 들었다고 말하며 친밀감을 표시했다.

덕분에 한수는 긴장감이 많이 풀어지게 되었다. 한나가 돌아올 때까지 1시간 동안 승희씨와 즐겁게 대화를 했다.

한국에서 한수의 전공에 대해 설명하고 있을 때 문이 열리며 한나가 들어 왔다.

그녀는 사진보다 살이 빠져 보였고 전체적으로 선이 가늘어져 있었다. 생각보다 더 예쁘고 여성적인 한나의 모습에 한수는 조금 놀라고 말았다.

셋은 시내로 식사를 하러 갔다. 대화는 어느새 자연스럽게 영어로 진행되었고 누구도 그 부분에 대해 이상하게 생각하지 않았다. 가끔 승희와 한나가 독일어로 대화를 할 때는 승희가 한수를 위하여 무슨 얘기를 한 것인지 바로 통역해 주었다.

그리고 저희들끼리 독일어로 말하는 경우도 있었다.

"서로 사랑하는 사이야?"

"아니야, 그냥 친구야. 이 사람 보기보단 우유부단해서 늘 망설이다가 기회만 놓치지. 그래서 답답해 미치겠어!"

승희는 한수를 보고 빙긋 웃더니 통역하기 애매한 내용이니 나중에 말해주겠다고 하고 웃었다. 한수도 웃었다.

"근데 왜 독일어로 말하지 않아?"

승희는 한나에게 독일어로 물었고 한나는 손을 저으며 한수가 독일어를 모른다고 대신 대답했다.

그 때였다.

"죄송합니다. 어쩐지 말할 수 없는 분위기가 되어버려서..."

한수가 독일어로 말했고 한나는 너무 놀라 물 잔을 떨어트릴 뻔 했다.

"독일어를 할 줄 알아?"

"음... 조금 공부했어. 그냥 듣고 말하는 거라면..."

"그럼... 아까 우리가 한 말 다 알아들은 거야? 그리고 갑자기 독일어는 왜 배운 거야?"

친구는 자리에서 일어나 무릎을 꿇고 한나에게 반지를 내밀었다.

내가 가장 사랑하는 사람에게... 그 사람이 말하는 언어로 고백하기 위하여 지난 2년 동안 공부했어.

Ich liebe dich. Willst du meine Frau werden?

이히 리베 디히. 빌스 두 마이네 프라우 베르덴?

(사랑합니다. 당신 나와 결혼해주세요.)

친구는 독일어로 고백했고 멍하니 이 모든 것을 지켜보던 한 나는 어쩔 줄 몰라 하다 결국 웃으며 반지를 받았다.

레스토랑 안의 모든 독일인들이 박수를 치며 환호성을 질렀다. 술잔 부딪히는 소리가 도처에서 울렸다.

"어이...동양인 친구, 아까 당신 독일어 발음은 쓸 만했어!"

한수는 손을 흔들어 답례했다.

독일어를 그렇게 싫어하고 못하던 친구가 독일 여자를 사랑하고부터는 독일어가 좋아지고 열심히 하게 되는 것을 보고 사랑의 힘은 위대하다고 느꼈다.

누군가를 사랑한다는 것은 그 사람이 쓰는 언어와 같은 언어를 배우는 노력과 같은 것입니다.

김형선

6. 어떤 커플 이야기

C형과 H형. 그들은 커플이다.

C형은 나의 대학 서클 선배로 15년 전 충무로 ㄱ극장에서 우연히 만나 서로 원치 않은 커밍아웃을 한 후로 친하게 지내는 형이며, H형은 그 C형의 애인이다.

이들은 남산에서 눈이 맞아 관계(?)를 맺은 후로 11년째 사귀고 있다. 당시 위로 누나만 세 명 있는 C형은 집안의 결혼 압력에 당당하게 커밍아웃을 하고, 호적이 파였다. 집안이 꽤나 잘 살던 H형 역시 모든 걸 포기하고 가출했다.

그리고 그들은 동거를 시작했다.

"아무리 사랑이 좋아도 그렇지... 어차피 사랑의 감정은 식게 마련이라는데.. 나중에 어쩌려고 그래..? 더구나 헤어짐에 대한 아무런 책임도 의무도 없는 이 바닥에서..."

이렇게 말하는 나에게 C형은 말했다

"임마, 지금 사랑하는 감정이 불같이 밀려드니 현재만 뜨겁게 사랑하련다. 나중에 어떻게 되더라고 그건 나중 문제지."

난 그들이 정말 무모하고 어리석어 보였다. 그들의 행동이 단순한 치기로 밖에 보이지 않았다. 하지만, 나의 우려와는 달리 그들은 오랫동안 즐겁고 행복했다.

그들은 정말 잘 어울리는 한 쌍이었다.

H형은 자상하고 너그러웠으며, C형은 화통하면서도 시원시

원했다. 다정하고, 서로를 깊이 배려하며 한결같았다.

작년 3월이었다. C형에게서 전화가 걸려왔다.

잔뜩 긴장되고 떨리는 목소리였다.

H형이 갑자기 수술을 받게 되었다는 것이다. H형이 병원에서 암판정을 받았다는 것이었다.

비염 증상이 있던 H형이 며칠 전부터 안통을 호소하고, 더욱 심해진 코막힘의 증상과 얼굴이 부어올라 대학종합병원에서 자세한 검사를 해보니 3기 상악동암이란 진단이 나왔다는 것이었다. 병원에선 빨리 수술하면 살 가망성이 높다고는 했지만, 이미 얼굴의 반쪽을 덮고 있는 암세포를 제거해야 하기 위해선 안구는 물론 광대뼈, 잇몸의 일부까지 제거해야 한다고 했다. 한마디로 H형의 좋은 인상 반이 고스란히 날아간다는 것이었다.

그 말을 하면서 C형은 나지막하게 흐느끼고 있었다.

그들은 초짜 시절에 만나 동거를 하면서 이쪽 생활은 아예 하지 않았기에 마음을 터놓고 이야기 할 수 있는 이반은 내가 유일했다.

H형은 그로부터 한 달여 후 수술을 받았다.

그래도 생명을 걸고 하는 큰 수술이니 만큼 H형의 가족에게 연락을 해야지 싶어 C형은 H형 모르게 가족의 연락처를 수소문하여 연락을 하였다. 겨우 연락이 된 남동생이란 자는 H형의 소식을 듣자마자 나온 첫마디가 이랬다고 한다.

"아.. 그 호모새끼.. 정말 가지가지 하네."

C형은 그 소리를 듣는 순간 당장이라도 그 새끼에게로 달려가 배때기를 쑤셔버리고 싶은 심정이었다고 한다.

다행히도 수술은 성공적으로 잘 끝났다.

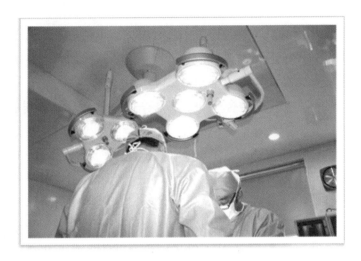

　하지만, H형의 서글서글한 눈도.. 광대뼈도.. 입안의 일부도 차가운 수술 칼에 도려내졌다. 그러나 C형은 수술이 잘 되었다는 그 이유 하나로 너무도 기뻐하고 감사했다.

　그는 신앙이 없는 자신이 성당을 찾아가 기도를 한건 난생 처음이라고 하면서 기쁨의 눈물을 흘렸다.

　H형의 수술 후 C형은 아예 직장에 휴직계를 신청하고 지극 정성으로 그를 돌봤다. 애인의 지극한 사랑 덕인지 H형은 빠르게 회복했고, 그들은 다시 보금자리로 돌아 갈 수 있었다.

　가끔 병원에 들른 내가 보기도 C형의 간호는 절절한 애틋함이 뚝뚝 떨어졌으니 아마도 의사를 포함한 병원사람들은 그들의 관계가 친구 이상이라는 것을 눈치 챘으리라.

　H형이 퇴원을 하고 얼마 후 난 그들의 집을 찾았다.

　그들은 여느 때와 마찬가지로 다정하게 날 맞아 주었다.

　마침 C형은 차가버섯 차를 H형에게 먹여 주고 있었다.

　그 잘 생겼던 얼굴 반쪽이 움푹 패인 H형은 얌전히 최선을 다해 불편한 입으로 C형이 떠주는 물을 받아먹었다. 넣어 주는 쪽이나 먹는 쪽이나 서로 최선을 다해 상대편의 배려에 감사해 하고 있는 것이다. 그들의 모습을 보고 있자니 나도 모르게 울컥하는 기분이 들며 눈시울이 뜨거워 졌다.

난 황급히 화장실로 들어갔다. 그리고 나도 모르게 뜨거워진 눈시울을 차가운 수돗물로 식히고 나오려는데 빠끔히 열려진 문틈 사이로 그들의 모습이 내 시야에 들어왔다.

C형이 은은한 미소를 띠고 H형을 향하여 살며시 입술을 내밀자 H형은 고개를 살짝 돌려 C형의 입술에 자신의 불편한 입술을 가져다 대었다. 가벼운 키스가 끝나고 H형이 부정확한 발음으로 "정말.. 미안해"라고 한다.

그 소리를 들은 C형은 가볍게 웃으며 이렇게 말한다.

"짜식, 알긴 아는구나.. 미안하면 빨리 나. 그래야 우리 예전처럼 다시 진하게 키스하지..."

그들의 모습을 보며 또 눈시울과 가슴이 뜨거워짐을 느끼고 난 이렇게 중얼거렸다.

타인이 보기만 해도 이렇게 뜨거워지는데.... 사랑이란....뜨거운 거구나.... 최선을 다해 뜨겁게 해야 하는 거구나..... 지금.. 나도.. 나의 녀석과 뜨겁게 사랑하려 노력 중이다.

최용주 (자영업)

사랑은 약속이며, 사랑은 한번 주어지면 결코 잊을 수도 사라지도 않는 선물이다.

- 존 레논

7. 종이로 말하기

"사랑이 뭐라고 생각해?"

여자 친구가 느닷없이 물었고 나는 그럴듯한 대답을 위해 잠시 뜸을 들였다.

"전에 맹장 수술을 위해 잠시 병원에 입원했었어."

내 말에 여자 친구는 엉뚱하다고 생각했는지 허무하게 웃고 이야기에 집중했다.

"옆 침대의 남자가 목 수술을 했는지 말을 못하고 있더라고... 그래서 의사 표현을 할 때에는 노트에다 짧게 글을 써서 아내에게 전달하는 거야. '배고파'라든가 '아이들은 잘 있어?' 같은 것들 말야... 그러면 그의 아내도 노트에다 대답을 쓰지. '뭘 먹을래?', '응...당신만 기다리고 있어'라고 말야."

나는 입을 다물었고 그녀는 다소 어이없어 했다.

"끝이야?"

"응, 끝이야."

"그게 뭐야?"

그런데 아내는 군이 노트에다 뭔가를 쓸 필요가 없었던 것이다. 그냥 말로 하면 될 것을... 그의 아내도 함께 침묵하며 일부러 노트에다 글씨를 써서 의사소통을 했다.

"어쩐지 그런 생각이 들어. 사랑이란 누군가와 닮아 가려는 노력 같은 것이 아닐까 하고..."

내 말을 다 들은 여자 친구는 마침 좋은 생각이 났는지 가방에서 노트를 꺼내 예쁜 글씨로 '**사랑해**'라고 썼다.

사랑할 수밖에 없는 그녀에게 난 연필을 빼앗아 더 크게 대답을 썼다.

'**너만 보이고 너만 들을 수 있으면 돼.**'라고.

김형선

진짜 사랑은 언젠가는 상대의 마음에 가서 닿는다는 사실을 깨달았습니다. 그 사랑이 조용한 것일수록 닿았을 때 마음의 울림은 더 크다는 것도 말입니다

- 왕조현 (대만 영화배우)

8. 미워하다가 사랑하면

효돌이와 억만이는 6학년으로 내가 가르치는 반 아이들이었다. 둘은 1등과 2등을 번갈아 가며 하였다. 둘은 경쟁이 아주 치열하였다.

효돌이는 2남 2녀 중 막내였고 억만이는 외아들이었다. 억만이 아빠는 도시에서 큰 회사의 사장 아들이었고 효돌이는 6학년 2학기 때 시골에서 전학 왔다.

억만이는 버릇이 없었다. 인사도 잘 하지 않았다. 유일하게 칭찬 받는 것은 공부를 잘하는 점뿐이었다. 억만이는 촌에서 전학을 온 아이와 경쟁을 한다는 사실부터 견딜 수 없었다.

중간고사 시험 성적이 발표되는 날, 효돌이가 1등이었고 억만이는 2 등이었다. 총점에서 겨우 1점 차이였다.

억만이의 눈에서는 핏기가 서고 있었다. 분한 마음을 억제하지 못하였다. 억만이는 효돌이를 골탕 먹이기 위한 생각에 골몰하였다. 시골뜨기라 놀려보기도 하고, 계집애같이 순하다고 욕을 하기도 하였다.

그러나 싸움이 되지 않았다. 효돌이는 언제나 웃었다. 그러니 더욱 더 약이 올랐다. 시골뜨기 때문에 잠을 못 잘 정도였다.

건강 검사하는 날, 효돌이가 흉막염이라는 것을 알게 되었다. 이것은 가슴뼈에 염증이 생겨 고름이 차는 병이었다.

억만이는 처음엔 효돌이 왜 학교에 못 오는지 알지 못하였다. 나중에 입원했다는 소식에 고소해 하였다. 녀석이 학교에 오지 않으니, 기분이 좋았다.

효돌이는 가슴의 고름을 주사기로 빼내었다. 아팠지만 꾹 참아야 하였다. 나아지기는커녕 점점 더 악화되고 있었다. 급기야는 커다란 고무호스를 가슴뼈에 넣어야 하였다.

마취를 시키고 구멍을 뚫는 것이었지만, 엄마는 수술하는 그 장면을 바라볼 수가 없었다. 효돌이 엄마는 울면서 의사에게 살려달라고 애원하였다.

한쪽 가슴을 뚫은 지 5일이 지난 후에는 반대쪽 가슴도 뚫어야 했다.

1달이 지나도 여전히 기다란 호스를 두개나 박고서 치료를 하고 있었다. 치료가 잘 되지 않고 점점 악화되고 있었다.

너무 아파 아무 생각도 나지 않는 어느날, 효돌이는 갑자기 자신을 그렇게 괴롭히던 억만이 보고 싶었다.

억만이는 경쟁자가 없어 늘 1등이었다. 아이들도 효돌이 이야기는 하지 않았다.

그러던 어느날 한 아이가 '효돌이가 억만이를 보고 싶어하니 병문안좀 왔으면 좋겠다'고 했다.

억만이는 한 번에 거절했다.

"내가 왜 그 녀석 병문안 가야 하는데?"

"효돌이가 너를 보고싶어 해."

"난 안 가."

효돌이는 위급한 상황이 되었다. 다른 합병증이 생겨 또 수술을 해야 했다. 몸이 약한 상태인데 또 수술을 해야 할지, 말아야 하지 부모님들이 걱정을 했다.

효돌이는 점점 기운이 빠지고 이대로 두면 목숨까지 위험한 상태가 되었다.

'억만이 보고싶다. 억만이가 찾아오면 병이 나을 것 같아.'

너무나 아파 효돌이 자신도 모르게 눈물을 흘리며 말했다.

그러던 어느날 억만이가 효돌이 앞에 나타났다. 그렇게 효돌이를 미워했던 억만이가 꽃다발을 들고 조금 쑥스러운듯 효돌이 앞으로 다가왔다. 효돌이는 너무 기뻐 눈물이 나오는 것을 참지 못하고 소리내어 울었다.

억만이는 아무 말도 하지 않고 꽃다발만 놓고 사라졌다

그날 이후로 기적같은 일이 벌어졌다. 효돌이의 상태는 점점 좋아졌다. 한 달쯤이 지나면서 움직일 수도 있게 되었고 병원

곳곳을 돌아다닐 수도 있게 되었다.

자기를 그렇게 미워했던 억만이가 병문안을 온 것이 큰 힘이 되었다. 효돌이는 좋아져 거의 완쾌되었다.

효돌이가 퇴원하는 날, 엄청난 소식을 들어야 했다.

억만이가 병문안 하고 가는 날, 울면서 가다가 차에 치여 머리를 크게 다쳐 뇌사상태가 된 것이었다. 그 동안 충격받을까봐 효돌이에게는 비밀로 했던 것이다.

효돌이는 억만이를 만나고 싶었으나 면회는 절대 안되었다. 그래도 효돌이는 날마다 병원에 찾아가 병원 주변을 100바퀴 돌고 억만이가 빨리 낫게 해달라고 기도했다.

억만이는 뇌사상태라 거의 죽은거나 다름없었다.

아니야, 억만이는 죽지 않았어, 하며 효돌이는 3개월 정도 비가 오나 눈이 오나 병원을 찾아가 주변을 100바퀴 돌고 기도하자 또 기적이 일어났다.

억만이가 조금씩 움직인다는 것이다. 병원측에서도 신의 섭리라고 밖에 달리 표현할 수 없다고 했다.

드디어 면회가 허락되는 날, 효돌이와 억만이는 서로 말없이 쳐다보면서 눈물만 흘렸다.

정기상 (작가, 초등학교 교사)

미워하다가 사랑하면 2배의 힘이 나옵니다.

- 김율도 (시인)

9. 사랑의 이벤트

2005년 12월... 추운 겨울날 외국으로 유학갔던 애인에게 이별통보를 받았습니다. 너무 가슴이 아파 눈물과 불면증으로 하루하루를 보냈습니다.

같은 해 겨울, 똑같은 아픔을 가지고 있던 또 다른 사람이 있었습니다. 그 사람은 바로 저랑 친한 후배 녀석이었습니다.

메신저로 만나 신세한탄을 하며, "독해지자!", "사랑을 믿지 말자!" 라고 저희들끼리 위로하고 수다를 떨었습니다.

어느 날, 후배가 메신저로 저에게 이런 말을 하더라고요.

"누나 우리 외로운 솔로들끼리 한번 만나볼까?"

"너한테 남자라는 감정이 없는데 어떻게 만나냐? 그리고 당분간 남자 만날 생각 없어."

그런데 그 녀석도 민망했는지 장난이라고 말하고, 뜬금없이 그럼 1년 동안 자기가 여자 안 만나면 소원하나 들어달라는 겁니다.

무심코 그러려니 여기고 알았다고 말했죠. 그리고 저희는 평상시처럼 누나, 동생으로 연락을 주고 받았습니다.

약 2달이 지난 후, 후배에게 다시 연락이 왔습니다.

후배는 갑자기 지방으로 이사를 가게 되었다고... 이사 가면 만나기 힘들 거 같다고... 가기 전에 1년 동안 여자 안 만났으니

까 전에 말했던 자기 소원을 들어달라는 것이었습니다. 장난으로 했던 말인 줄 알고 까맣게 잊고 있었던 약속인데 그 이야기를 하니 깜짝 놀랐습니다.

"넌 그걸 아직도 기억하고 있냐? 소원이 뭔데?"

그랬더니 후배가 이렇게 대답했습니다

"한번만 데이트 해줘~"

오랫동안 알고지낸 사이고, 이미 약속을 했기에 만나기로 했습니다.

후배는 이사 가기 전에 만나줘서 고맙다고 말을 하고, 연극 예매표를 끊더라고요.

방금 막 시작했는지 컴컴하여 앞이 보이지 않았습니다.

어느 정도 시간이 지나자 스크린에 제가 그 동안 찍어서 미니홈피에 올렸던 사진들이 음악과 함께 뮤직비디오처럼 흘러 나오는 것이었습니다.

갑작스런 일이여서 깜짝 놀랐고, 이제야 이해를 할 수 있었습니다. 모든 것이 후배의 연극이었다는 것을요...

그러나 이 정도 가지고 어림없지, 생각했습니다. 그렇게 해서 이벤트가 끝난 줄 알았는데, 후배는 공연을 준비 했습니다.

저를 위해 춤도 춰주고, 노래도 불러주었습니다. 하지만 이런 것도 당연한 거 아냐? 나하고 사귈려면.

그 때까지는 진심이 느껴지지 않고 형식적인 것으로 생각되었습니다.

아이, 시시해. 그냥 집에 가야겠다, 생각했습니다. 그런데 사건은 춤을 추다가 일어났습니다.

어두운데서 무리하게 춤을 추다가 그만 발을 헛디뎌 후배는 삐끗하더니 그대로 쓰러졌습니다. 순식간에 일어난 일이었습니다. 갑자기 웃음이 나왔지만 사태가 웃을 상황이 아니었습니다. 후배는 일어나려고 했지만 일어나지 못하고 다시 주저앉았습니다.

후배는 얼마나 아픈지 얼굴을 그렇게 일그러뜨리는 것은 처음 보았습니다. 당장 병원에 실려가야 할 상황임에도 불구하고 쓰러져서는 나에게 힘겹게 장미꽃다발을 주는 것이었습니다.

쬐끔 감동받았습니다. 얼떨결에 장미꽃을 받았더니 후배는 긴장한 얼굴로 저의 대답만을 기다리고 있었습니다. 나는 이미 이벤트보다는 후배 걱정이 되어서 병원에 가는 일만 생각했습니다. 후배는 계속 만나주겠냐고 물었습니다. 나는 후배가 다쳤으니 빨리 치료받게 하려고 그냥 "예스!" 해버렸습니다.

다쳤는데도 뭐가 그리 좋은지 싱글벙글 천진난만하고 귀여운 후배를 데리고 병원에 가니 입원할 정도로 심각했습니다.

집에와서 뒤늦게 한 번 더 감동을 받았습니다. 조명이 어두웠을 때는 몰랐는데 밝은 곳에서 보니 장미 꽃다발이 모두 종이로 접은 것이였습니다.

TV에서 많이 본 평범한 이벤트였다면 그렇게 감동스럽지 않았을 것입니다. 예기치 못한 사고에서 진심을 본 거 같아 감동이었습니다. 병원까지 간 엄청난 사연과 종이로 접은 장미꽃은 끝내 나를 움직이게 했네요.

그 일이 있고, 저희는 지금까지 이쁜 사랑을 이어가고 있답니다.

송수미 (직장인)

사랑을 할 때는 바보처럼 사랑을 하자
연인에게 온 몸을 바치는 버마재비처럼
마지막 알을 낳고 죽는 연어처럼

- 김율도 (시인)

10. 내가 그대에게 가는 의미

사랑하는 남녀가 있었다.

여자는 베풀기를 좋아하여 남자에게 밥이며 옷을 사주는 것이 기뻤다. 성격은 호탕했으며 다혈질이라 순간적으로 행동하고 화가 치밀어 오르면 참지 못했다.

남자는 자상하고 섬세하고 부드러웠다. 검소하고 여자처럼 꼼꼼한 면도 있었다.

남자같은 여자와 여자같은 남자는 서로 사랑했지만 어느 순간은 서로의 단점에 대해 불만을 말하기도 했다.

"여자가 너무 목소리만 크고 단순무식해."

"남자가 쩨쩨하고 박력이 없어."

둘은 서로에 대해 불만을 이야기하고 고치도록 요구했으나 천성이라 잘 되지 않았다. 하지만 둘은 말다툼에서 큰 싸움으로 번지지는 않았다. 여자가 화를 내면 남자는 그냥 듣고만 있다가 그냥 피해버리는 것이었다.

큰 강물이었던 사랑이 실개천처럼 작게 이어져 오다가 그만 개천마저 물이 마르게 된 형국이 되었다.

두 남녀는 몇 달 후 다른 이성을 만나게 되었다.

호탕녀는 이번에는 남자다운 남자를 만났다. 말도 시원시원하게 하고 여자를 압도하고 무엇이든 앞장서는 호쾌남이었다.

소심남도 이번에는 여자다운 여자를 만났다. 목소리는 작고 예쁘게 냈고 여우처럼 새침한 얌전녀였다.

호탕녀는 호쾌남과 잘 지내는가 싶더니 어느 날 서로 다투다가 그만 호쾌남에게 폭행을 당하게 되었다. 서로 똑같은 성질이라 누구도 지지 않고 싸우다가 급기야 불과 불이 만나니 큰 화재가 일어난 형국이었다.

소심남도 얌전녀와 처음에는 좋았는데 차츰 답답함을 느꼈다. 무슨 말을 해도 여자가 반응이 별로 없고 내색을 안 하다가 어느 날 갑자기 화를 내기도 하고 한번 화가 나면 잘 풀어지지도 않았다. 예전에 서운했던 이야기를 나중에 계속 이야기해 소심남이 노이로제에 걸릴 정도가 될 지경이었다. 얼음과 얼음이 만나 꽁꽁 언 북극이 된 형국이었다.

호쾌남은 폭력을 행사한 점을 깊이 반성하며 다시는 안 그러겠다고 했지만 그렇게 약속한 것이 한 두 번이 아니었다.

병원에서 퇴원한 호탕녀에게 호쾌남이 계속 만나기를 요구하자 호탕녀는 무의식적으로 소심남에게 전화를 걸었다.

소심남도 마침 얌전녀와 냉전중이라 반갑게 옛 애인을 맞았다. 호탕녀의 구원을 요청하는 전화에 소심남은 적극 나섰다. 처음에 힘으로 했을 때는 소심남이 밀렸다. 하지만 외유내강형인 소심남은 여기에 지지 않았고 경찰에 신고하였다.

처벌을 받고도 호쾌남은 호탕녀와 소심남을 계속 괴롭혔다. 소심남은 생각 끝에 호쾌남에게 얌전녀를 소개시켜 주었다. 그때서야 호쾌남은 둘을 괴롭히지 않았다. 오히려 얌전녀에 빠져 나중에는 소심남에게 고맙다는 전화까지 왔다.

소심남이 특유의 부드러움과 포용으로 소신있게 행동하여 소신남이 되는 순간이었다.

호탕녀와 소심남은 이제는 서로의 단점을 잘 알기에 단점을 가지고 불만을 말하지 않기로 약속했다. 그러자 단점도 장점으로 보여 더욱 사랑하게 되었다.

"목소리가 커서 시원시원하고 뒷끝이 없어 좋아 ."

"계획적인 생활이 좋고 차분하고 부드러워 실수가 없어."

몇 달이 지난 어느 날, 호탕녀는 배가 아파 병원에 갔더니 신장염이라 이식수술을 받아야 한다는 것이었다. 난데없는 소식에 놀랐지만 소심남은 다시 찾은 진정 사랑하는 여자에게 콩팥 하나를 기증했다.

호탕녀는 완쾌되었는데 이번에는 소심남의 사업이 부도 위기에 몰렸다. 평소에 많은 사람들과 친분이 있었던 호탕녀는 부도를 막고 사업은 탄탄대로를 걸었다.

다시 위기가 찾아오는데 이번엔 소심남이 간암이었던 것이다. 호탕녀는 드디어 받은 은혜를 다시 돌려줄 기회가 온 것으로 생각하고 간의 일부를 제공하였다.

이로써 이들은 서로의 몸을 나눠갖고 더욱 사랑하게 되었다. 그리고 깨달았다.

사랑을 지속시키고 더욱 강하게 하는 것은 상대방의 허물도 기꺼이 받아들이고 사랑해야 한다는 것을. 언제 화낼지 모르는 상대를 감당해야 진정한 사랑이라는 것을.

사랑은 상대방의 장점을 좋아하는 것이 아니라 서로 다름을 인정하고 단점까지 사랑해야 오래가는 사랑이 될 수 있다.

김율도 (시인)

새로운 가치관으로 자유롭게

1. 탁구 환자

나는 2008년 베이징 올림픽에서 인상적인 장면을 보았다.

그것은 중국의 여자 탁구선수가 태극마크를 달고 뛰는 장면이었다. 해설자가 설명했기에 알았지 이름이 조금 특이했을 뿐 그냥 지나칠 뻔 했다. 왜 중국선수가 태극마크를 달고 뛰었는지 알았을 때 신선한 충격을 받았다.

중국의 탁구선수 탕나는 올림픽에 출전하고 싶었다. 하지만 중국에서는 탁구가 큰 인기있는 종목이라 탁구인구가 1억 3000만명이나 된다. 13억 인구중 탁구 인구가 10%인 중국에서 3명을 뽑는 국가대표가 되기 위해서는 정상급 선수들은 실력이 비슷하여 최종적으로 지도자에게 선택되어야 한다.

탕나는 중국 국가대표에 소속은 되어 있으나 올림픽에 출전은 하지 못했다. 그때 한국인 탁구선수와 결혼한 중국의 탁구선수 자오즈민의 권유로 한국으로 귀화하기로 결심했다.

단지 올림픽에 출전하기 위해 국가를 바꾼 것이다.

찬반 의견이 분분하겠지만 국가에 대한 맹목적인 충성이라는 고정관념적인 교육을 받은 나로서는 신선한 충격이다.

일장기를 단 것이 창피하여 손으로 가린 손기정 선수와는 다른 차원의 이야기이다.

탕나는 이름도 한국식으로 '당예서'로 바꾸고 8년 동안 한국

에서 연습생으로
탁구를 쳤다.

8년 동안 태극
마크는 커녕 한
국 국적조차 취
득할 수 없었다.
한국으로 귀화하
기 위해 5년간 한
국에 머무르며

귀화시험도 쳐야 된다는 사실도 한국에 온지 3년 뒤에 알았다.
그녀는 눈물도 많이 흘렸고 다시 중국으로 돌아갈까 생각도 했
지만 이를 견디어 냈다.

그녀의 별명은 연습벌레이고, 별명은 탁구 환자이다.

아침부터 저녁까지 기본 훈련을 하고 저녁때는 개인 훈련으
로 탁구를 친다. 노력의 결과는 나타나는 법이다.

당에서는 2008년 베이징 올림픽 탁구에서 한국대표로 출전
하여 여자 단체전 동메달을 땄다. 2008년 종합선수권대회에서
2관왕(단식.단체전) 2연패를 달성했고 대한탁구협회가 선정하
는 2008년 한국 탁구 최우수선수로 뽑혀 국내 랭킹 1위다.

국가가 먼저냐, 열정이 먼저냐 하는 논란에서 열정이 국가를
이긴 경우이다. 국가도 이제는 개인의 열정을 실현시켜야 하는
의무가 있는 것이다.

노력해도 안될 때는 원망만 하지 말고 그대의 꿈이 실현될 수 있는
곳으로 떠나라

김율도 (시인)

2. 사진에 많이 나온 사람은

세상에는 가능한 한 많은 친구를 사귀는 것을 목표로 하는 사람도 있고 마음에 맞는 몇몇 친구만 사귀는 것을 선호하는 사람도 있다.

과연 어떤 것이 옳은 것이고 성공한 인간관계 일까?

학교에서 경쟁적으로 친구를 만드는 두 사람이 있었다.

졸업하는 해에 '최고의 친구상'이라는 것을 수여하는데 그 기준은 졸업여행에서 가장 많은 사람과 사진을 찍은 사람이 수상하는 방식이었다.

재학 중에 최고의 타이틀이라고 할 수 있는 '최고의 친구상'을 위하여 두 사람은 경쟁적으로 사진을 찍고 셔터를 눌러댔고 결국 최종승리를 확신하며 졸업식 날 각자 사진 속의 인물들을 세어보았다.

하나 둘 셋 넷 다섯 여섯 일곱 여덟 아홉 열 열하나....

둘은 빠른 속도로 사진을 세어갔고 최종적으로 결국 128장씩 동점이 되었다.

모두들 아쉽지만 공동 우승으로 모두가 생각하고 있던 그때, 그해 '최고의 친구상'은 전혀 이외의 인물에게 돌아가게 되었다. 그것은 두 친구의 사진 모두 128장씩, 총 256장의 사진에

찍힌 언제나 조용히 사람들의 얘기를 듣고 있던 친구였다.

일반적으로 허무한 이야기로 실소를 자아내게 했던 스토리였지만 그 순간 내가 느낀 것은 조금 다른 것이었다.

예를 들어 우정이나 친구라고 하는 것은 사진을 찍는 형식적인 행위 보다는 그저 말없이 곁에 있어주는 뭔가에 가깝지 않을까 하는 …

김형선

좋은 친구는 만들어지는 것이 아니다.

공통된 그 많은 추억, 함께 겪은 그 많은 괴로운 시간, 그 많은 어긋남, 화해, 마음의 격동 …. 우정은 이런 것들로 이루어지는 것이다.

- 생텍쥐페리 (프랑스의 작가)

3. 왕자와 목동

사냥을 나온 왕자가 말에서 떨어져 크게 다쳤습니다.

지나가던 목동이 왕자를 발견했고 정성껏 왕자를 보살폈습니다.

목동의 노력으로 왕자는 목숨을 건졌지만 그만 기억 상실증에 걸려 자신이 누군지 잊어버리게 됩니다.

"나는 누굽니까?"

목동은 순간 고민하게 됩니다. 왜냐하면 왕자와 자신은 놀랄 만큼 닮았기 때문입니다. 신체 조건에서부터 목소리까지 같은 사람이라고 해도 믿을 정도로 둘은 흡사했습니다.

목동은 왕자의 인생을 훔치기로 결심했습니다.

왕자를 오두막집에 남겨두고 왕자의 옷을 입고 왕궁으로 들어갔습니다.

왕은 왕자의 무사 귀환을 진심으로 기뻐했고 그때부터 목동은 왕자로, 왕자는 목동으로 인생을 시작하게 됩니다.

왕이 죽고 왕자는 왕이 되었습니다.

그리고 그때부터 권력을 휘두르게 됩니다.

그는 오로지 자신의 쾌락과 부귀영화와 그리고 소수 측근들을 위하여 권력을 남발합니다.

나라는 혼란스러워졌고 백성들의 생활은 곤궁해지고 왕실은 아첨꾼과 거짓말쟁이들로 가득 차게 됩니다.

한편 목동이 된 왕자는 자신에게 맡겨진 양들을 잘 관리하며 주인의 신임을 받아 주인의 상점을 관리하며 부유한 상인이 되었습니다.

목동이 된 진짜 왕자는 남을 돕는 것을 좋아하고 인정이 많아 모든 사람들은 그를 존경하고 사랑했습니다.

잔인한 해적들이 쳐들어 왔을 때는 무력한 정부군 대신 지혜로 적장과 단판을 벌여 마을을 위기에서 구하기도 했습니다.

왕국에서 목동이 된 왕자의 명성은 점점 높아갔습니다.

그 즈음, 폭군의 학정에 견디지 못한 백성들은 들고 일어서 정부에 대항했습니다.

군인들도 더 이상 왕이 아닌 백성들의 편에 서서 창을 왕에게 돌렸습니다. 혁명은 짧은 시간에 성공했고 모두에게 미움 받는 어제의 왕은 오늘 초라한 죄인이 되어 감옥에 갇히는 신세가 되었습니다.

"그 분을 왕으로 모시자."
"그래. 그 분이라면 성군이 되어 주실 거야."
군인들과 백성들의 공통된 추대로 목동이 된 왕자는 왕이 되었습니다.

잠시 왕이 되었다가 이제 목동만도 못한 인생을 살게 될 남자가 말했습니다.

"이것이 당신과 나의 운명입니다. 신의 뜻입니다. 당신은 원래 왕자였습니다. 저는 다만 당신의 인생을 훔쳤을 뿐입니다."

그 말을 들은 왕이 된 왕자는 딱한 표정으로 운명 탓을 하는 남자에게 말했습니다.

"왕이 될 사람과 양치기가 될 사람이 따로 정해져 있는 것은 아닙니다. 다만 나는 지금까지 양치기였지만 왕자처럼 행동하며 살아왔고 당신은 왕자였지만 양치기만큼의 책임감도 없이 살아왔을 뿐입니다."

김형선

맡겨진 책임에 충실하면 기회는 스스로 만들어진다.

- John Wanamaker

4. 편견없는 행복 나무

연둣빛 여린 새순사이로 노란 개나리가 올라오던 3년 전, '하상 시각 장애인 복지관'을 처음으로 갔던 날을 기억합니다.

미사 시간이 가까워짐에 따라, 젖혀져 있는 문사이로 조심스런 걸음의 형제자매님들이 들어오고, 앞은 보이지 않지만 모두들 능숙한 솜씨로 자리에 앉으며 가방을 내려놓던 모습을 기억합니다.

오시는 분들끼리, 서로 알아채고 반갑게 손을 잡으며 인사하시는 모습이 정말 경이로워 보였습니다.

단지 목소리 하나만으로, 서로를 잘 알아보시고 반가워들 하니 신기할 따름이었지요.

저의 일은 고작, 제대 앞에서 본인자리로 돌아오는 길에, 방향을 잡아드리는 정도가 전부였지요.

본인들이 몇 째 줄에 앉으셨는지를 기억하고, 그곳을 정확하게 찾아 앉는 일도 처음엔 그저 놀랍고 신기하게만 느껴졌는데…… 나중에 알게 된 사실이지만, 주로 앉으시는 자리를 정하시고, 몇째 줄을 손으로 미리 기억해두신다고 하셨죠.

게다가 시각 장애를 가진 반주자 분은 성가악보를 모두 외워 연주하시며, 찬양하시는 모습이 무척 감동적이었답니다.

미사 후 식사 시간에는 반찬이 뭐 나왔는지 물어 보서서, 눈물이 핑 돌았었는데… 준비된 찬을 제대로 드시지 못하는 식사

시간이, 늘 가슴 아팠답니다.

2년이 지날 무렵, 우연한 기회에 안마 일을 하시는 아주머니를 도와드릴 기회가 있었는데, 집에 자꾸 들어 가자고 하셔서 올라갔습니다.

'앞이 안보이시는 분의 집은 과연 어떨까.'

'정리를 제대로 못하실 텐데…….'

'무척 산만하겠다.'

3층에 도착하자, 아주머니는 능숙함 솜씨로 열쇠를 꽂아 문을 여셨는데, 저는 놀라 거의 기절할 뻔 했습니다.

너무나 깨끗하게 정리가 잘 되어 있었습니다. 머리카락 한 올, 컵 하나도 나와 있지 않고, 싱크대 수도꼭지 위에 꼭 짜서 펴놓으신 행주까지……. 완벽하게 정리 정돈된 모습이 너무나도 놀라웠습니다.

아주머니께서는 본인 성격이 원래 단정하기도 하고, 안마손님이 집으로도 오니 늘 깨끗이 해둔다고 하셨습니다. 보이지 않는 분이라, 제대로 청소하기 힘들 것이라고 생각했었는데 그것도 역시 저의 편견이었습니다.

그날 집에 돌아간 나는 오랫동안 치우지 않아 어지럽게 널려있는 내 책상을 깨끗하게 정리하고 거실이며 부엌까지 청소하였습니다.

주변을 깨끗히 청소하니 생활이 밝아지고 변화가 왔습니다. 공부도 잘되고 부모님이나 주변 사람들에게 칭찬을 받으니 더욱 신이 났습니다.

그 분은 남을 위해 청소하셨는데 나는 나를 위해 청소했습니다. 남을 위해 청소하는 방법이 무엇일까 생각했습니다. 그것은 나의 방 뿐만 아니라 부모님의 방과 집 앞가지 청소하는 것이었습니다.

매주 봉사한답시고 3년을 들락거린 복지관에, 제가 무슨 도움이라도 드렸을까요. 아니 오히려 그 일을 통해 제 자신이 소중한 가르침을 받고 떠난다는 생각이 들었습니다.

한혜민

사물을 판단하는 데는 먼저 자기 자신의 마음을 조용하게 가라앉힌 후에야 비로소 바르게 판단할 수 있는 것이다.

- 순자 (중국 전국 시대의 사상가)

5. 판례의 재해석

탈무드에 '지혜로운 판결' 이라는 이야기가 있습니다.

세 친구가 보관할 곳이 없어 각자 가지고 있던 돈을 땅에 묻었습니다. 일을 끝내고 돌아와 보니 돈을 묻어 두었던 땅은 파여져 있었고 돈은 사라졌습니다.

세 친구들 중 한명이 몰래 훔쳐간 것이죠.

세 친구는 싸움을 벌였고 결국 지혜롭다는 솔로몬 왕에게 가 범인을 잡아 달라고 간청하게 됩니다.

솔로몬 왕은 이야기를 해 주셨습니다.

"결혼을 약속한 연인이 있었는데 여자에게 다른 남자가 생겨 헤어질 것을 요구했지. 남자는 크게 화를 냈지만 아무런 위자료도 받지 않고 여자를 보내 줬다네. 집으로 돌아가던 여자는 산적에게 납치됐는데 동요하지 않고 당당한 태도로 '전에 사귀던 남자는 나 때문에 상처를 받았지만 내게 아무 것도 요구하지 않고 풀어 주었어요. 당신들도 나를 그렇게 대해 주었으면 해요.' 하고 말했다네. 여자의 말을 끝까지 들은 산적들은 아무런 조건 없이 여자를 보내줬지. 자! 여기까지. 너희들은 누가 가장 칭찬 받을 사람이라고 생각하는가?"

첫 번째 남자가 대답했습니다.

"여자를 깔끔하게 보내준 전 남자 친구입니다. 아무런 대가 없이 사랑을 포기한 남자의 사랑은 고결합니다."

두 번째 남자가 고개를 저으며 말했다.

"누구보다 여자가 가장 칭찬 받을만하다고 생각합니다. 당당히 자신의 의견을 펼칠 줄 알고 감정에 솔직하며 위기에 냉정하게 대처할 줄 아는 모범적인 신여성입니다."

마지막으로 세 번째 남자가 코웃음을 치며 말했습니다.

"위자료를 청구하지 않는 것도 해괴하고 일부러 납치까지 했는데 여자가 몇 마디 했다고 곱게 돌려보내는 산적들도 바보 같습니다. 도무지 현실성이 없는 이야기입니다"

"범인은 세 번째 바로 너다. 너는 돈 밖에 모르는구나."

책에 쓰인 이야기는 여기까지입니다. 하지만 이야기는 계속됩니다.

진짜 범인은 첫 번째 남자였습니다.

돈을 훔친 이유는 사랑하는 여자가 생겨 돈이 필요했기 때문입니다.

조금만 더 자세히 조사해 보면 다 알게 될 것을, 솔로몬 왕의 판결은 지혜로운 이야기였지만 지혜로운 판결은 아니었던 것 같습니다.

작자미상

새는 알에서 깨어나려고 한다. 알은 새의 세계이다. 태어나려고 하는 자는 한 개의 세계를 깨뜨리지 않으면 안 된다.

- 헤르만 헤세 (독일 시인)

6. 큰 돌이 의미하는 것은

하루는 시간 관리 전문가가 경영학과 학생들에게 강의를 했습니다.

"자, 퀴즈를 하나 해 봅시다."

그는 밑에서 커다란 항아리를 하나 꺼내 테이블 위에 올려놓았습니다. 그리고 나서 주먹만한 돌을 항아리 속에 하나씩 넣기 시작하였습니다. 항아리에 돌이 가득하자 그가 물었습니다.

"이 항아리가 가득 찼습니까?"

학생들이 이구동성으로 대답했습니다.

"예"

그러자 그는 "정말일까요?" 하고 되묻더니, 다시 테이블 밑에서 조그만 자갈을 한 웅큼 꺼내 항아리에 넣고 깊숙이 들어갈 수 있도록 항아리를 흔들었습니다.

그는 다시 물었습니다.

"이 항아리가 가득 찼습니까?"

학생들은 "글쎄요" 라고 대답했고, 그는 다시 테이블 밑에서 모래주머니를 꺼내 항아리에 넣어, 돌과 자갈사이의 빈틈을 가득 채운 후에 다시 물었습니다.

"이 항아리가 가득 찼습니까?"

학생들은 혹시나 또 뭔가 있을 것 같아 "아니요." 라고 대답했고, 그는 "그렇습니다" 하더니 물을 한 주전자 꺼내서 항아리에 부었습니다.

그리고 나서는 다시 물었습니다.

"이 실험의 의미가 무엇이겠습니까?"

한 학생이 즉각 손을 들더니 대답했습니다.

"바빠서 스케줄이 가득 찼더라도, 정말 노력하면 새로운 일을 그 사이에 추가할 수 있다는 것입니다."

"아닙니다."

시간관리 전문가는 말을 이어 갔습니다.

"이 실험이 우리에게 주는 의미는... 만약 당신이 큰 돌을 먼저 넣지 않는다면, 영원히 큰 돌을 넣지 못할 것이다, 란 것입니다."

인생의 큰 돌은 무엇일까요? 당신에게 있어 큰 돌은 무엇일까요? 사랑하는 가족들과 시간을 같이 보내는 것입니까?

신앙? 재물? 승진? 사업? 우정? 신의? 봉사? 여행?

자신에게 한번 물어보십시오. 내 인생에서, 내 직업에서, 큰 돌이 과연 무엇인가요? 당신의 큰 돌을 항아리에 "가장 먼저" 넣어야 한다는 것을 절대 잊지 마십시오.

작자미상

중요한 것을 먼저하라. 맛있는 것을 먼저 먹어라

- 김율도 (시인)

내 인생의 감동은 나 자신

나의 고등학교 때 꿈은 시인이었다.

고 3때 담임선생님이 장래 꿈에 대해 물어봤는데 경영자가 되고 싶은 사람 손 들으라고 하자 90%가 손들었다. 그리고 문학가가 되고 싶은 사람 손 들으라고 했을 때 나 혼자 손들었다.

나는 그것이 무엇을 의미하는지 알고 있었다.

자본주의 사회에서 돈이 중요하고 그것을 추구하는 사람은 많고 예술처럼 가난한 길은 좁고 외로운 것이었다.

정말로 고등학교를 졸업하고 4년간은 집에서 시만 썼다. 신춘문예병에 걸려 직업도 없이 폐인처럼 밤과 낮을 거꾸로 살며 글만 썼다.

처음에는 치과기공사가 되기 위해 치기공과를 다니기도 했다. 하지만 6개월만에 학교를 그만두었다. 도저히 공부는 되지 않고 나도 모르게 전공노트에 시를 쓰고 있었던 것이다.

이대로는 안되겠다 싶어 가족이나 친구들의 반대에도 불구하고 어느날 갑자기 학교에 나가지 않았다. 아버지가 술을 드시고 집에 들어와서 한탄을 하고 큰 소란이 일었다. 하지만 나는 그 때 시를 쓰지 않고는 살 수 없을 것 같았다. 가난했고 돈도 필요했지만 철이 없고 순진무구해서 그런지 내가 하고싶은 것을 먼저 해야했다.

습작 기간은 기약이 없었다. 10년이 걸린다 하더라도 아마 직업없이 집에서 그렇게 글만 썼을 것이다.

1988년 신춘문예에 당선했을 때는 고난이 끝나고 앞길이 환하게 열리는 줄 알았다. 하지만 1년간의 스포트라이트는 너무 짧았다.

글만 써서 생활이 유지되지 않았고 삶도 순탄하지 않았다. 학창시절처럼 몇 천명 중에서 잘해야 하는 일이 아니었다.

나는 다시 진정한 선택을 해야 했다.

대학은 절대 안간다는 생각을 꺾고 남보다 5년 늦게 대학에 들어가기로 했는데 서울예대에 문예창작과와 아닌 광고창작과에 입학했다. 문학을 하려면 다른 학문을 해야한다는 생각이었다.

마침 문학과 가장 가깝다는 이유로 카피라이터라는 구체적인 직업을 생각하고 있었다.

학교다니는 2년 동안 문학정신와 상업적 마인드 사이에서 많은 갈등을 했지만 시적인 토대를 기반으로 상업적 문구를 쓰면 되겠지 하며 자위했다.

그러나 막상 학교를 졸업 후 카피라이터로 바로 취직도 되지 않고 일도 잘 풀리지 않았다.

어렸을 때 소아마비로 다리가 불편하여 사람들이 꺼리는 거라고 생각하며 차별이 심한 세상을 원망하고 부모도 원망하고 늘 불만이었다. 그 후 서서히 문학의 권태기가 오고있었다.

돈을 벌어 성공하고 싶었다. 방송, 이벤트, 인쇄 등을 기웃거리며 방황했다. 절뚝거리며 학원운영을 하다가 망해서 광고 영업사원, 컴퓨터대리점, 프리랜서 기자, 정보제공업 등 여러 가지 일을 했지만 정글의 세계는 냉혹했다. 나는 그 무엇 하나 성공하지 못했다.

내가 거쳤던 많은 직업중 시를 썼던 것이 결정적으로 큰 도움이 되었던 직업은 브랜드네이미스트였다. 그 일은 내가 했던 직업 중 가장 오래하고 있으며 어느 정도 안정이 되었다.

결국 열병을 앓았던 시는 어떤 일을 하든 거름처럼 밑바탕이 되어 은은히 빛나고 있었고 차츰 안정적인 생활을 할 수 있도록 해 주었다. 그것이 나에게는 생의 감동이었고 의미가 되었다.

그 당시 무엇이 되기 위해 시를 쓴 것이 아니라 시가 좋아서 시를 썼는데 세월이 지나자 '시시한' 시가 삶의 밑거름이 되고 있다는 것에 놀라고 있다.

그 후 출판 일을 하게 되었고 다시 요즘은 글과 시에게도 돌아왔다. 결국은 돌아오게 되어있나 보다. 그것이 좀 돌고 돌아 시간이 걸려서 그렇지 젊은 시절 강한 느낌의 일은 시간이 흘러도 빗겨나지 못하는 것이다.

다시 시를 쓰고 있는 지금 나에게 물어본다.

나는 시인이라고 생각하는데 세상 사람들은 내가 시인이라는 것을 잘 모른다. 그럼 내가 시인인가, 아닌가? 내가 시를 쓰면 시인인가, 사람들에게 알려져야 시인이라고 할 수 있는가?

내 안에 있는 하나의 자아는 말한다.

"남들이 알아주지 않아도 시를 쓰면 진정한 시인이야."

내 안의 또 다른 자아는 말한다.

"남들이 알아주고 유명해야 시인이지 혼자 시인이라고 백날 해봐야 아무 소용 없어."

결론은 둘다 맞다.

남들이 알아주지 않아도 시를 쓰면 되고 유명해지면 그 책임감으로 더 좋은 시를 쓸테니 말이야.

24살 때, 본명으로 낸 시집 후기에 시 10,000편을 쓰는 날 죽어도 좋고 이 세상 사람 모두를 만나고 싶다고 했었다. 아직 죽을 날은 멀다. 시 10,000편을 쓰지 못했기 때문이다. 죽기 전까지 10,000편을 채울 수 있을까. 채울 수 없다면 그 대신 출판하는 책으로 10,000명을 만나보는 것은 어떨까.

아니 1명이라도 시같은 아름다운 이야기를 통해 감동을 느끼고 어떤 횃불같은 깨달음을 얻는다면 그것으로 만족할 일이다.

시를 쓰기 위해서 방황을 하다가 시를 통해 구원받았고 현재 시를 쓰고 있고 글로 많은 독자들을 만나게 되니 이것은 실로 감동이 아니고 무엇이랴.

지금 나는 가족이 있어 감동이고, 하고 싶은 일을 하고있어 감동이고, 꿈이 있어 감동이고, 긍정적인 생각을 할 수 있어 감동이다. 매일매일, 순간순간이 감동이다. 감동이 없는 시대에 감동을 만들고 감동을 느낀다면 이보다 더 큰 역사적 사건은 없을 것이다.

나는 지금 안다. 내 인생의 감동은 나 자신인 것을.

영화 '슈퍼맨'으로 스타가 되었다가 불의로 사고로 장애인이 되었던 크리스토퍼 리브의 말로 끝을 맺으려 한다.

"나에게 기적은 다시 일어서는 것이 아니라 사랑하는 아내와 하루하루를 함께 하는 것입니다. 사랑하는 사람과 함께 하는 삶은 날마다 기쁨이고 기적입니다."

김율도 (시인)

이제 여러분들의 이야기를 기다립니다.

여기에 수록된 모든 글은 '감동'에 관한 이야기입니다.

이 글을 읽고 물론 감동을 느끼는 독자 분도 있겠지만 '감동'과는 아무 상관없다고 생각하는 분들도 있을 것입니다.

처음에 출판사로부터 '감동'과 관련된 짤막한 이야기들을 써볼 생각이 없느냐라는 제안을 받았을 때 흔쾌히 수락했지만 한편으론 적지 않은 부담감을 느꼈습니다.

'과연 '감동' 이란 무엇인가?'

스스로에게 질문해 봤지만 알 수 없었습니다.

하지만 결국 감동이라는 것은 이 책에 나오는 많은 주인공들처럼

친구에게 배신당했을 때,

사랑이 거부당했을 때,

몸이 아프고 다쳤을 때,

꿈이 무너졌을 때,

오해 받아 슬플 때,

인생에 절망했을 때...

고독을 깨워주고 어둠을 밝혀주고 다시 일어설 수 있는 힘을 주는 내외부의 소통!

이라고 정의할 수 있다면 저 자신이 지금까지 인생을 살아오며 미래의 문 앞에 쓰러져 울고 있을 때 다른 반대편 문이 열리

는 소리를 들었던 이야기들을 쓸 수 있을 거라고 생각했습니다. 실린 이야기들은 제 주변의 이야기며 또한 제 자신의 이야기이고 우리와 마찬가지로 이 세상에서 살아가는 평범하고 소박한 사람들의 기록이며 그래서 지금 책을 손에 든 여러분들 자신의 이야기이기도 합니다. 반드시 제가 느꼈던 감동을 여러분들도 느끼실 수 있으리라 생각합니다.

지난날들은 저에게 쉽지 않은 시간들이었습니다.

군중 속에서 오해받고 상처받고 사랑을 거부당하고 꿈이 무너졌으며 몸이 아팠고 늘 고독하고 외로웠으며 현실에 부딪히고 좌절하고 쓰러지고 방황하고 헤매고 또 배신당하고 실패하고 저주하고 원망하고 실망하며 그것을 또 반복하며 살아왔습니다.

하지만 오늘 희망과 사랑에 대해 말할 수 있게 된 것에 감회를 금치 못합니다.

저 자신의 이야기 또한, 이 글 역시 하나의 감동적인 이야기입니다.

이제 여러분들의 이야기를 기다립니다.

세상은 셀 수 없이 많고 또한 재밌고 기특하고 기발한 이야기로 구성된 퍼즐 같은 거라고 생각합니다.

별처럼 빛나는 그들의 이야기가 가득한 선물상자, 우주입니다.

호주와 일본에서 그리고 쓸쓸했던 학창시절의 교실에서 공허한 마음으로 헤맨 거리에서 몸도 마음도 아팠던 시간들은 모두 오늘을 위한 과정이었음을 이젠 믿습니다. 이젠 보입니다.

인간의 삶속에서 자신이 만들 수 있는 천국보다 더 죽어서 갈 수 있는 천국이란 존재하지 않음을...

이제 우리가 함께 만들 수 있는 그 천국에 대해 얘기해 보시지 않겠습니까?
여러분들의 이야기를 듣고 싶습니다.

그리고 마지막으로 제가 사랑하는 부모님과 나의 친구들에게 이 작은 감동을 바칩니다.

김형선